メロンと寸劇

向田邦子

食いしん坊エッセイ傑作選

河出書房新社

目次

舌の記憶

食べる人

鮮やかなシーン

到来物・土地の味

シナリオ　寺内貫太郎一家2より

所収・初出一覧

装幀——クラフト・エヴィング商會［吉田浩美・吉田篤弘］

食いしん坊エッセイ傑作選

メロンと寸劇

舌の記憶

昔カレー

人間の記憶というのはどういう仕組みになっているのだろうか。他人様のことは知らないが、私の場合、こと食べものに関してはダブルスになっているようだ。例えば、

「東海林《しょうじ》太郎と松茸《まつたけ》」

という具合である。

五つか六つの頃だったと思う。

夜更けに急の来客があり、祖母は私の手を引いて松茸を買いに行った。八百屋のガラス戸を叩いて店を開けてもらい、黄色っぽい裸電球の下で、用心深く松茸の根本《ねもと》の虫喰いを調べる祖母の手つきを見た記憶がある。そして、ラジオだか往来を通る酔っぱらいだったのか、東海林太郎の歌が聞えていた。

歌詞も覚えている。

〽ほうらおじさん　また来たよ

強い光は　わしじゃない

何という歌なのか、前後はどういう文句なのか、いまだに知らない。たしかお巡りさんの歌のような気もするが、生来の横着者《おうちゃくもの》で、たしかめることもしていない。いや、この歌詞だって間違っているかも知れない。なにしろ私ときたら、「田原坂《たばるざか》」の歌い出しのところを、

〽雨は降る降る　跛《ちんば》は濡れる

と思い込んでいた人間なのだ。

勿論《もちろん》、〝人馬《じんば》は濡れる〟が正しいのだが、私の頭の中の絵は片足を引く武士である。どういうわけか、両側が竹藪《たけやぶ》になった急な坂を、手負いの武士が落ちてゆく。その中に足の傷を布でしばり、槍《やり》にすがってよろめきながら、無情の雨に濡れてゆく若い武士がいて、幼い私は、この歌を聞くと可哀《かわい》そうで泣きそうになったものだ。

〽越すに越されぬ田原坂

最近、このことを作詞家の阿久悠《あくゆう》氏に話したところ、氏は大笑いをされ、体を二つ折りにして苦しんでおられた。

「天皇とカレーライス」

という組合せもある。

半年ほど前の天皇皇后両陛下の記者会見のテレビを見ていて、急によみがえった記憶である。

これも冬の夜更けなのだが、幼い私は一人で雨戸を閉めている。庭はまっ暗で、築山《つきやま》や石灯籠《いしどうろう》のあたりに何かひそんでいそうで、早く閉めたいのだが、雨戸は何枚もあり、途中でひっかかったりして、なかなか閉まらない。

縁側もうす暗く、取り込んだ物干竿《ものほしざお》に、裏返しになった白足袋《たび》と黒足袋が半乾きのまま凍って、ほつれた縫い目がこわばって揺れ、カレーの匂いが漂っていた。

この日私は、天皇の悪口をいって父にひどくどなられたのだ。

「そんな罰当りなことをいう奴にはメシを食わせるな！」

悪口といったところで、子供のことである。せいぜいヘンな顔をしたオジサンねえ、くらいのことだったと思うが、昔気質《むかしかたぎ》で癇癖《かんぺき》の強い父は許さなかった。御真影《ごしんえい》こそなかったが、父は天皇陛下を敬愛していたから、祖母や母の取りなしも聞き入れず、私は夜の食事は抜き。罰として雨戸を閉めさせられていたのだ。

ライスカレーは大好物だったから、私は口惜《くや》しく悲しかった。茶の間からラジオのニュースが聞え、「リッペントロップ」という言葉を繰り返した。私は涙をこらえ、

「リッペントロップ。リッペントロップ」

とつぶやきながら雨戸を閉めていた。

リッペントロップというのは、当時のドイツの外相の名前であろう。いずれにしても「天皇・ライスカレー・リッペントロップ」――この三題噺《さんだいばなし》は私以外には判らないだろう。

こういう場合、叱られた子供は、晩酌で酔った父が寝てしまってから、母と祖母の給仕で、一人だけの夕食をしたらしいがその記憶ははっきりしていない。


ほととぎすと河鹿《かじか》と皇后陛下の声は聞いたことがない。私は長いこと、こんな冗談をいっていた。ふっくらしたお顔や雰囲気から、東山千栄子《ひがしやまちえこ》さんのようなお声に違いないと思い込んでいたので、開会の辞よりも井戸端会議のほうが似合いそうな、いささか下世話《げせわ》なハスキーボイスに、少々びっくりした。

七年前に死んだ父が、このお声を聞いたら何といっただろうか。

「井戸端会議とは何というい草だ。いかに世の中が変ったからといって、いっていい冗談と悪い冗談がある。そんな料簡《りょうけん》だからお前は幾つになっても嫁の貰《もら》い手がないんだ。メシなんか食うな!」

まあ、こんなところであろう。

子供の頃は憎んだ父の気短《きみじ》かも、死なれてみると懐《なつか》しい。そのせいかライスカレーの匂いには必ず怒った父の姿が、薬味の福神漬のようにくっついている。

子供の頃、我家のライスカレーは二つの鍋に分かれていた。アルミニュームの大き目の鍋に入った家族用と、アルマイトの小鍋に入った「お父さんのカレー」の二種類である。「お父さんのカレー」は肉も多く色が濃かった。大人向きに辛口に出来ていたのだろう。そして、父の前にだけ水のコップがあった。

父は、何でも自分だけ特別扱いにしないと機嫌の悪い人であった。家庭的に恵まれず、高等小学校卒の学歴で、苦学しながら保険会社の給仕に入り、年若くして支店長になって、馬鹿にされまいと肩ひじ張って生きていたせいだと思うが、食卓も家族と一緒を嫌がり、沖縄塗りの一人用の高足膳《たかあしぜん》を使っていた。

私は早く大人になって、水を飲みながらライスカレーを食べたいな、と思ったものだ。

父にとっては、別ごしらえの辛いカレーも、コップの水も、一人だけ金線の入っている大ぶりの西洋皿も、父親の権威を再確認するための小道具だったに違いない。

食事中、父はよくどなった。

今から考えると、よく毎晩文句のタネがつづいたものだと感心してしまうのだが、夕食は女房子供への訓戒の場であった。

晩酌で酔った顔に飛び切り辛いライスカレーである。父の顔はますます真赤になり、汗が吹き出す。ソースをジャブジャブかけながら、叱言《こごと》をいい、それ水だ、紅しょうがをのせろ、汗を拭け、と母をこき使う。

うどん粉の多い昔風のライスカレーのせいだろう、母の前のカレーが、冷えて皮膜をかぶり、皺《しわ》が寄るのが子供心に悲しかった。

父が怒り出すと、私達はスプーンが——いや、当時はそんな洒落《しゃれ》たいい方はしなかった。お匙《さじ》が皿に当って音を立てないように注意しいしい食べていた。

一人だけ匙を使わなかった祖母が、これも粗相のないように気を遣《つか》いながら、食べにくそうに箸《はし》を動かしていたのが心に残っている。

あれは何燭光《しょくこう》だったのか、茶の間の電灯はうす暗かった。傘に緑色のリリアンのカバーがかかっていた。そのリリアンにうっすらとほこりがたまっているのが見え、あれが見つかると、お母さんがまた叱られる、とおびえたことも覚えている。

白い割烹着《かっぽうぎ》に水仕事で赤くふくらんだ母の手首には、いつも、二、三本の輪ゴムがはまっていた。当時、輪ゴムは貴重品だったのか。

シーンとした音のない茶の間のライスカレーの記憶に、伴奏音楽がつくのはどういうわけなのだろう。

東山三十六峰、草木も眠る丑三《うしみ》つどき
なぜかこの声が聞えてくるのである。
その当時流行《はや》ったものなのか、それとも、この文句を、子供なりに食卓の緊張感とダブらせて覚え込んでしまったものなのか、自分でも見当がつかない。

いままでに随分いろいろなカレーを食べた。目黒の油面《あぶらめん》小学校の、校門の横にあったパン屋で、母にかくれて食べたカレーパン。出版社に就職して、残業の時にお世話になった日本橋の「たいめい軒」と「紅花《べにはな》」のカレー。銀座では「三笠会館」、戸川エマ先生にご馳走《ちそう》になった「資生堂」のもおいしかった。キリのほうでは、バンコクの路上で食べた一杯十八円ナリの、魚の浮き袋の入ったカレーが忘れ難《がた》い。

だが、我が生涯の最もケッタイなカレーということになると、女学校一年の時に、四国の高松で食べたものであろう。

当時、高松支店長をしていた父が東京本社へ転任になり、県立高松高女に入ったばかりの私は一学期が済むまでお茶の師匠をしているうちへ預けられた。

東京風の濃い味から関西風のうす味に変ったこともあったが、おかずの足りないのが切なかった。父の仕事の関係もあって、いわゆる「もらい物」が多く、暮し向きの割には食卓が賑《にぎ》やかなうちに育っただけに、つつましい一汁一菜が身にこたえた。

そんな不満が判ったのだろうか、そこの家のおばあさんが、「食べたいものをおいい。作ってあげるよ」といってくれた。

私は「ライスカレー」と答えた。

おばあさんは鰹節《かつおぶし》けずりを出すと、いきなり鰹節をかきはじめた。

私は、あんな不思議なライスカレーを食べたことがない。

鰹節でだしを取り、玉ねぎとにんじんとじゃがいもを入れ、カレー味をつけたのを、ご飯茶碗にかけて食べるのである。

あまり喜ばなかったらしく、鰹節カレーは、これ一回でお仕舞《しま》いになった。

この家へ下宿した次の朝、私は二階の梯子段《はしごだん》を下りる時に、歯磨き粉のカンを取り落してしまった。学期試験で、早く学校に行かねば、と気がせいているのに、雑巾《ぞうきん》バケツの水を何度取り替えて拭いても、梯子段の桃色の縞《しま》は消えない。自分のうちなら、「お母さん、お願いね」で済むのに……と、半ベソをかきながら他人の家の実感をかみしめたことを思い出す。

この家には私のほかにもう一人、中学一年の下宿人がいた。小豆島《しょうどしま》の大きな薬屋の息子で、そうだ、たしか岩井さんといった。色白細面《ほそおもて》のひょうきんな男の子だった。

私が、うちから送ってきた、当時貴重品になりかけていたチョコレートやヌガーを分けてやると、お礼に、いろいろな「大人のハナシ」を聞かせてくれた。

夜遅く店を閉めてから、芸者が子供を堕《お》ろす薬を買いにくる、という話を、声をひそめてしてくれた。彼は、芸者を嫁さんにするんだ、と決めていた。

「オレは絶対に向田なんかもらってやらんからな」

と何度もいっていた。

長男だと聞いたが、家業を継いだのだろうか。少年の大志を貫《つらぬ》いて芸者を奥さんにしたかどうか。あれ以来消息も知らないが、妙になつかしい。

ライスカレーがつかえて死にそうになったことがある。気管にごはん粒が飛びこんだのだろう、息が出来なくて、子供心に「あ、いま、死ぬ」と思った。

大人からみれば、大した事件ではなかったらしく、母は畳に突っ伏した私の背中を叩きながら、話のつづきで少し笑い声を立てた。私は少しの間だが、

「うちの母は継母なのよ」

と友達に話し、そうではないかと疑った時期がある。子供というものは、おかしなことを考えるものだ。

カレーライスとライスカレーの区別は何だろう。

カレーとライスが別の容器で出てくるのがカレーライス。ごはんの上にかけてあるのがライスカレーだという説があるが、私は違う。

金を払って、おもてで食べるのがカレーライス。

自分の家で食べるのが、ライスカレーである。厳密にいえば、子供の日に食べた、母の作ったうどん粉のいっぱい入ったのが、ライスカレーなのだ。

すき焼や豚カツもあったのに、どうしてあんなにカレーをご馳走と思い込んでいたのだろう。

あの匂いに、子供心を眩惑するなにかがあったのかも知れない。

しかも、私の場合カレーの匂いには必ず、父の怒声と、おびえながら食べたうす暗い茶の間の記憶がダブって、一家団欒《だんらん》の楽しさなど、かけらも思い出さないのに、それがかえって、懐しさをそそるのだから、思い出というものは始末に悪いところがある。

友人達と雑談をしていて、何が一番おいしかったか、という話になったことがあった。その時、辣腕《らつわん》で聞えたテレビのプロデューサー氏が、

「おふくろの作ったカレーだな」

と呟《つぶや》いた。

「コマ切れの入った、うどん粉で固めたようなのでしょ?」

といったら、

「うん……」

と答えたその目が潤《うる》んでいた。

私だけではないのだな、と思った。

ところで、あの時のライスカレーは、本当においしかったのだろうか。

若い時分に、外国の船乗りのはなしを読んだことがある。航海がまだ星の位置や羅針盤《らしんばん》に頼っていた時代のことなのだが、その船乗りは、少年の頃の思い出をよく仲間に話して聞かせた。

故郷の町の八百屋と魚屋の間に、一軒の小さな店があった。俺はそこで、外国の地図や布やガラス細工をさわって一日遊んだものさ……。

長い航海を終えて船乗りは久しぶりに故郷へ帰り、その店を訪れた。ところが八百屋と魚屋の間に店はなく、ただ子供が一人腰をおろせるだけの小さい隙間があいていた、というのである。

私のライスカレーも、この隙間みたいなものであろう。すいとんやスケソウダラは、モンペや回覧板や防空頭巾《ずきん》の中で食べてこそ涙のこぼれる味がするのだ。

思い出はあまりムキになって確かめないほうがいい。何十年もかかって、懐しさと期待で大きくふくらませた風船を、自分の手でパチンと割ってしまうのは勿体《もったい》ないではないか。

だから私は、母に子供の頃食べたうどん粉カレーを作ってよ、などと決していわないことにしている。

昆布石鹸

ビスケットとクッキーはどう違うのだろうか。

夜中に目が覚め、ふとそんなことを考えたら、いつにないことだが、なかなか寝つかれなくなった。小腹《こばら》が空いていたらしい。

素朴で古典的なのがビスケット、と言いたいところだが、手焼のクッキーというのもあるわけだし、言い方だけのはやりすたりなのかも知れない。

どっちにしても、私たちが子供の時分に食べたのはビスケットである。

ミルクとバターがたっぷり入って、たっぷりした丸型で、プツンプツンと針で突っついたような飾りだけがついていた品のいいのがあった。風邪をひいたりおなかをこわしたりしたときは、こういうビスケットだけがお八つだった。

四人の子供のうち、誰もおなか下しや風邪ひきが居ないときは、砂糖のついた英字ビスケットが出た。砂糖のついていないのもあったが、これはひどく不人気で、子供たちもいい顔をしなかったらしい。

砂糖は、ドキッとするような派手な桃色や青緑色のが、こんもりとかかっていた。子供たちは、母が銘々《めいめい》の菓子皿に取りわけてくれる手許《てもと》をじっとみつめながら、なるべく砂糖の沢山《たくさん》かかったいい字が当りますようにと願ったものだった。

いい字というのは、カサが多い字のことである。

IやLは、食べでがないので多分つまらなかったと思う。HやKやMやOはよかった。特にOは、うまくすると真中の穴ぼこも埋めつくすほど砂糖が沢山かかっていることもあって人気があったような気がする。

当時は英語など読めなかったから、あの頃の感じを思い出して多分そうであったろうと見当で書いているのだが、どうも私の英語の知識は、この辺が原体験（好きなことばではないのだが）ではないかと思われるふしがある。

女学校に入ってアルファベットを習ったとき、急に大人になったような気がして嬉しかったものだが、気持の底に子供のとき食べた英字ビスケットが読めるようになったよろこびがあったのかも知れない。

単語の綴《つづ》りを書くとき、Iという字にぶつかると、なんだか損をしたような気がするし、HやKやMだと得をしたようで、書く手も弾むような気がするのは、どう考えても英字ビスケットからの連想であろう。

こういう食い意地の張ったいやしい精神では、英語が上達するわけはない。横文字関係がいまだに駄目なのは、戦争のせいでも学校の英語教育のせいでもなく、子供の頃のお八つの影響である。

岩波文庫の『日本童謡集』に、アルファベットをうたったものがのっている。

ABC《エービーシー》

西條八十《さいじょうやそ》

はじめて英語を
ならってみたら
Aという字は
はしごに似てた

Bという字は
あぶくに似てた

Cという字は
つり針に似てた

みんな書いたら
手帳のかみが

杭《くい》のならんだ
川のようになった

――「子供之友」大15・6

詩人の手にかかるとこんなメルヘンになる。AもBもCもみんな英字ビスケットでは詩にも歌にもなりはしない。

戦争が終って、英語が解禁になった。食糧不足で英字ビスケットどころか、ろくなお八つもなくなっていたが、その頃、不思議なものを食べた記憶がある。

主食代りに配給になった進駐軍のレーションのなかに入っていたお菓子である。

レーションといっても、若い方にはお判りないかも知れない。兵隊用の非常食糧のことである。食パンを焼いたラスクが二切れに肉の罐詰《かんづめ》。コーヒーと砂糖に粉末ミルク。汚れた水を消毒する白い錠剤まで入っていた。その中に問題のお菓子があった。

私は、はじめ石鹸《せっけん》かと思った。

黒くて四角くて、キャラメル一粒の四倍ほどの大きさである。匂いをかいでみると、どうも石鹸ではなく食べられるらしい。

口に入れて嚙《か》んだら、ニチャリとして、歯の裏にくっついた。味は正直いっておいしくなかった。昆布の粉にバターをまぜ込んだといったらいいか。

私たちは、昆布石鹸といっていた。どう考えても、ほかのチョコレートやピーナツの入ったヌガーのようにおいしいという代物《しろもの》ではなかったが、食べられるものならなんでもよかった。それと、生れてはじめてコカコーラをのんだときと似たような、妙に気持をそそる味もした。舌で接するアメリカの味というのだろうか。

あれは一体なんだろう。何という名前で原料はなんなのだろう。

最近、写真家の立木《たつき》義浩氏と話していたら、このお菓子のはなしになった。

立木氏も当時召し上ったという。

しかも、これが映画「エデンの東」のなかに登場していたらしいとおっしゃるのでびっくりしてしまった。

立木氏の記憶では、ジェームズ・ディーンと友達が立ちばなしをする駄菓子屋の店先にあった。ただし、四角ではなく、ねじりん棒になっていて、紙にくるまずムキ出しで、鉛筆のように何本もビンの中に立っていたという。

私はあの映画を、三回見ているのに思い出せない。

この前アメリカへいったとき、下町の駄菓子屋をしらべてくればよかった。立木氏は、ぼくも調べてあげましょうとおっしゃって下すったので、楽しみにしている。

それにしても甘いような甘くないような。ニチャリとした薄気味の悪いようなステキなような。あの昆布石鹸は一体なんだったのだろう。

卵とわたし

卵を割りながら、こう考えた。

と書くと、何やら夏目漱石大先生の「草枕」みたいで気がひけるが、生れてから今までに、私は一体何個の卵を食べたのだろう、と考えたのだ。

一週間に四個として一年で約二百個。十年で二千個。とすると、私はかれこれ一万個に近い卵を食べた勘定になる。いま、東京では卵一個が二十円ちょっとだから金額にするとおよそ二十万円。それにしても一万個の卵とは、考えただけでそら恐ろしい。知人が、

　菜の花や百万人のいり卵

という迷句を作ったことがあるが、まさに一万人のいり卵である。

子供の頃から、卵には随分とお世話になっている。

体が弱い癖に白粥が嫌いだったから、重湯《おもゆ》からおまじりになり卵のおじやが許されるとひどく嬉しかった。氷が溶けて、プカンプカンと音のする生あったかい水枕に耳をおっつけながら、祖母に卵のおじやを食べさせてもらう。

起きれば起きられるのだが、私は満二歳にもならないのに弟が生れて、母のおっぱいを奪われてしまった。夜泣きする私に、母は乳首にとうがらしを塗ってしゃぶらせ、あきらめさせたという。そんなことも手伝って、甘えたかったのだろう。

アーンと口を開くと、祖母は、散蓮華《ちりれんげ》で、白身の固まりをよけ、黄身の多そうなところをすくって、フウフウと吹いては口に運んでくれた。祖母はお線香と刻みたばこの匂いがした。

卵焼といり卵は、しばしば登場するお弁当のおかずだった。最近は、児童のお弁当のおかずに、黄、赤、緑の三色が揃《そろ》っていないと、父兄は先生から注意を受けるらしいが、昔は、卵焼にたくわんという黄一色でも、先生はなにもいわなかった。卵焼は上等の部類で、梅干に昆布のつくだ煮とか、足で踏んだのではないかと思う程御飯をつめ込み、その上に目刺《めざし》が一匹、寝転がっている、などというお弁当を持ってくる子もいた。忘れたといって、毎日、お昼になると運動場でボール遊びをしている子もあった。

貧しいおかずの子や、あれは梅干の酸でそうなったのだろう、弁当箱の蓋《ふた》に穴のあいている子は、かくして食べていた。机の蓋《ふた》を立てたり、包んできた新聞紙をまわりに立てたり、食べる時だけ、弁当箱の蓋をずらしたり、かくし方もさまざまだった。先生は何もいわなかった。生徒の辛《つら》い気持が判っていたのかも知れない。

父の仕事の関係で、小学校だけでも四回転校しているので、名前も忘れてしまったのだが、お弁当のおかずが三百六十五日、卵という女の子がいた。あだ名をタマゴと呼ばれていた。

タマゴは、日本舞踊《ぶよう》を習っていた。子供のくせに身のこなしに特有の「しな」があり、セーラー服がまるで和服を着ているように見えた。教壇で採点をしている男の先生にブラ下るようにして甘え、手首から先だけを撓《しな》わせて、

「ちょいと……」

という感じで先生の肩を撲《ぶ》った。

堅いうちに育った私には、まぶしい眺めだった。

日本舞踊はお金がかかるから、あのうちはおかずをつめているのよ、とみなに陰口をきかれていた。学芸会でタマゴは「藤娘」を踊った。私は、茹《ゆ》で卵が着物を着て踊っているような気がして仕方がなかった。

子供のけんかというのは、今になって考えれば全く他愛《たわい》のないことだが、その頃は真剣だった。私は、告げ口をした、という理由で、Bという女の子と口を利《き》かなくなった時期があ

る。Bは陽《ひ》の当らない三軒長屋のまん中に住んでいた。母も兄も結核で、Bも胸のあたりが削《そ》げたように薄かった。成績は芳《かんば》しくなかったが声は美しいソプラノで、学芸会にはいつも一番前で、独唱した。私は、うしろでコーラスをしながら、Bのセーラー服の衿《えり》が、すり切れて垢《あか》で光っているのを見ていた。

口を利かなくなってから遠足があった。お弁当をひろげている私のところにBがきて、立ったまま茹で卵をひとつ突き出している。押し返そうとしたがほうり出すようにして行ってしまった。返しにゆこうとして手にとると、卵がうす黒く汚れている。よく見たら卵のカラに鉛筆で、

「あたしはいはない」

と書いてあった。

炊《た》きたての御飯の上に生卵をかけて食べるのは、子供の頃から大好きだった。

ところが、我が家では子供は二人に一個なのである。はじめから御飯に卵をかけてしまうと、おみおつけを残すから、というのが親のいい分であった。

私と弟と、二つの茶碗をくっつけて、母が一個の生卵に濃い目に醬油《しょうゆ》を入れたのを分けてくれる。長女の私が先である。ジュルンとした白身が必ず私の茶碗にすべり込むのを、

「あ」

と心の中で小さく声を上げながら眺めていた。白身は気持が悪いし、第一御飯に馴染《なじ》まない。二番目に生れればよかった、と思ったこともある。今でも、フライを作っていて、とき卵を半分に分ける時、幼い日の、「あ」という感覚を思い出すことがある。

生卵を割った時、血がまじっていることがある。子供の時分は、「ウワア、気持が悪い」で済んでいたが、「おとな」になってからは少し違ったものになった。ひどくきまりが悪くて、困ってしまうのである。

朝の食卓で、割った卵が、それだと気づくと、私は家族の目から隠すようにして台所に立ち、黙っていり卵にした。

この頃になって女同士のあけすけな話のあい間に、私がこの話をしたところ、考え過ぎなのよ、と一笑に附されてしまった。

「わかるなあ。あたしにも覚えがあるわ」

といったのはただひとりだった。

地味な着物の衿元《えりもと》を娘のようにきつく合せ、コーヒー・カップの縁についた口紅を、疳《かん》性《しょう》にナプキンで拭きとっている人だった。卵ひとつにも女の性格が出るのかも知れない。

卵のカラには、どうして縫い目がないのか。

子供の頃から不思議で仕方がなかった。鶏のおなかのなかで、どうやって大きくなるのだろう。紙風船や、お饅頭《まんじゅう》を作ってみると判るが、丸いものの、綴《と》じ終りというか、まとめにはひどく苦労をする。随分丁寧《ていねい》にしたつもりでも、ここで袋の口を閉じました、といった不細工な証拠が残ってしまうものなのである。

しかし、卵は、どれをみても、どこが先やら終りやら、キズもほころびもないのである。形も神秘的である。

卵をころがしてみると、尖《とが》ったほうを中にして直径三十センチほどの円を描いて、必ずもとの場所にもどってくる。絶対にまっすぐころがってゆかない。巣からころがり落ちても大丈夫なようになっているのだという。

私は無神論者だが、こういうのを見ていると、どこかに神様がおいでになるような気がしてくる。

知人の姉が交通事故にあって亡くなった。買物の帰りに奇禍《きか》に遇《あ》われたのだが、買物かごの中の卵はひとつも割れていなかったという。

これは恐ろしいはなしだが、アメリカのニュースは楽しかった。随分前のことだが、イースターの前日に、ハイウェイで、卵を満載した大トレーラーが横転した。卵は全滅かと思われたが、たった一個だけ、割れないで残った卵があったという。この卵は、誰が食べたか、そこまでは書いてなかったが、どうも卵には不思議な力があるように思えてならない。

ブランクーシは卵形をモティーフに使う彫刻家だが、銀座の画廊で山県寿夫《やまがたひさお》氏の卵と手をテーマにした木彫を見つけ、あたたかさに心打たれたこともあった。

卵の形で思い出すのは、マチスのエピソードである。

この人は大変な努力家で、毎日卵のデッサンをして死ぬ日までつづけたというのである。

私は全く絵心のない人間だが、卵というものはどう描くのかと思って、やってみた。実にむずかしい。どうしても卵にならない。丁寧に描くと石ころかじゃがいもになってしまう。肩の力を抜いて、一息に描くと、鳥の子餅《もち》になってしまうのである。


小学生の頃、チャボを飼ったことがある。

庭にかごを伏せて、つがいが餌《えさ》をついばんでいた。コロッとした小ぶりの持ち重りのする卵が家族の人数だけ貯まると、朝の食膳に乗った。私は、チャボが卵をうむところが見たくて、首を斜めにしてのぞいていたが、首が痛くなるだけで、とうとう現場は見ず仕舞《じま》いであった。

日支事変がはじまった頃で、学校で慰問文《いもんぶん》というのを書かされた。

私はよくこのチャボのことを書いた。今日は卵を生んだとか、突つかれたとか。うちの庭から見える桜島の煙がどっち側にたなびいているとか、五右衛門風呂の焚《た》き口で火をつけようと思ったら、落葉と同じ色をした庭の主《ぬし》の大きながま蛙がはい出してきたとか、そんなことを書いて出した。

ところが、受け取った兵隊達が、帰るとうちを訪ねてきた。

戦局もまだ激化しない時だったから、転戦か一時帰国なのか、革と汗のにおいのする軍服が、うちの玄関に立って敬礼して、あの慰問文はとても嬉しかったといわれると、感激屋で外面《そとづら》のいい父は、よく料理屋へ招待をした。物入りで困ると母は愚痴っていたが、「兵隊さん、私達は、出征兵士の留守家族の田植えのお手伝いをしています。銃後の守りは大丈夫です」式の四角四面な手紙より楽しかったのだろう。

この頃、つい忙しさにかまけて、紋切り型のはがきを書いてしまうが、三十五年前の初心にかえらなくてはいけないな、と思っている。

卵にも大と小がある。

勤めていた出版社がつぶれかけて、私達は毎朝出勤すると、近所の喫茶店に出掛けて、対策を協議していた。

月給は遅配《ちはい》。著者に支払う原稿料は半年も滞《とどこお》っている。小企業の悲哀を味わいながら、転職するか、踏みとどまるかの議論の中で、モーニング・サービスについてきた茹で卵がばかに小さかった。誰かが、

「やっぱり小さいとこ（会社）の人間には、小さい卵を出すんだなあ」

とふざけたら、店の女主人が飛んできてムキになって説明をしてくれた。卵には大卵、中卵、小卵、極小卵という規格がある。モーニング・サービスは、予算の関係で、小さいのを使うんです、と、ケースごと見せてくれた。みごとに小さい卵がならんでいた。

いつ茹でたのか、冷たかった。むくと、卵が古いのか、茹でかたがまずいのか、ツルリとむけず、皮に白身がついてきた。私はその頃から、ラジオの台本を書き始めたのだが、人生の転機というか、ひとつの仕事と次の仕事の、レールのつぎ目の不安なところに、小さくて冷たいでこぼこの茹で卵があった。

人間にも、卵アレルギーがあるが、犬や猫にも卵の好きなのと嫌いなのがいる。以前飼っていたビルという虎猫は、卵が大好物であった。五歳の牡《おす》だったが、肺炎にかかった。獣医師のお世話になり、注射でいったんは落着いたのだが、寒い晩に、牝《めす》猫の呼ぶ声

に誘われてガラス戸に体当りして外泊、朝帰りして、再び悪化したのだ。

何をやっても受け付けない、水も飲まない。そんな時に友人が、

「生卵にブランデーと砂糖をまぜて飲ませてごらん。臨終の人間は、これを飲むと何時間か保《も》つというから、猫にも効くだろう」

と教えてくれた。

うちにはブランデーの買い置きがなかったから、私は酒屋に走り、いわれた通りのものを作って、まず、自分でなめてから、指先につけて、ビルの鼻先にもっていった。彼は、白っぽくなった舌を出して、チロリとなめたが、これは私へのお義理だったのか、あとは頑《かたく》なに拒んで駄目だった。

ビルは、縁側のガラス戸のところに坐っていた。美しかった毛並みもそそけ立ち、痩《や》せて体力がないのか、体が前後に揺れている。突然、庭に向って、

「オーン、オーン」

今まで聞いたことのない声でないた。犬の遠吠えみたいだな、と思って、庭をみたら、植込みのかげに一匹、石灯籠《いしどうろう》のかげに一匹、松の枝の上に一匹――かれこれ七、八匹の猫がうずくまっている。

ただでさえ、さびしい冬の夕暮れである。死んでゆく友に、別れの挨拶をしに集ったのだ

ろうか。背筋が寒くなった。

翌朝起きた時、ビルは徹夜で看病をした母の膝《ひざ》の上で冷たくなっていた。そばに、黄色く乾いたブランデー入りの生卵の入った猫の皿があった。その皿ごと、彼がよく登って遊んだ松の根かたに埋めてやった。


人を殺したいと思ったこともなく、死にたいと思いつめた覚えもない。魂が宙に飛ぶほどの幸福も、人を呪う不幸も味わわず、平々凡々の半生のせいか、わが卵の歴史も、ご覧の通り月並みである。だが、卵はそのときどきの暮しの、小さな喜怒哀楽の隣りに、いつもひっそりと脇役をつとめていたような気がする。

わが卵の歴史の中で、切ない思い出は何といっても戦争中の乾燥卵であろう。どう工夫して料理しても、ザラザラして味気なかった。戦争の思い出も、どう美化してみても、ザラザラした辛いものが残る。

昔のことばかりいうと歳が知れるが、どうも昔の卵はおいしかったような気がする。鶏がとうもろこしやこぼれた米や地虫をついばんでいた頃のほうが、混合飼料で促成に育った昨今より、カラは固く、黄身の色も濃く、こんもりと盛り上っていた。

タイ国から遊びにきた知人は、「日本の卵は生臭い」といって食べない。

ぬくもりも違っている。

昔、卵は、ザルで買いにいった。冷蔵庫などなかったから買い置きは出来なかったが、掌《てのひら》に包むと、生きている実感があった。今の卵は冷たく、死んでいるような気がする。

文句ついでにいえば、昔の卵は、もっと大きかった。いや、これは思い違いかも知れない。死んだ父がいっていたのだが、父は子供の時分、ひどい貧乏暮しで、冬の七尾の町を、よくお米を買いにやらされた。

雪の中を、こごえた手で金を握ってゆくのだが、子供心に、うちから米屋まで随分遠いと思った。ところが、おとなになって、その道を歩いてみたら、意外に近いのでびっくりした、というのである。

貧しくて、おなかがすいていたこともあったろう。寒く辛かったから、余計遠いと思ったのかも知れない。しかし、一番大きな原因は、

「子供は小さい」

ということだ。父はそういっていた。

たしかに、子供の頃は、まわりのものがみな大きく思えた。大人は背が高く立派にみえた。うちの天井は高く、学校までの道のりも遠かった。夜、ご不浄へゆく廊下も長く感じた。卵が大きかったのではないのだろう。私の掌が小さかったのだ。

子供たちの夜

つい先だってのことだが、キリスト教関係の出版物を出しているところから電話があった。「愛」について短いものを書いて欲しいという依頼である。

私は常日頃神様とは全くご無沙汰《ぶさた》の人間である。おまけに愛ということばは外来語のようでいまひとつ肌に馴染《なじ》まず、口に出して言うと面映《おもは》ゆいところがある。ご辞退をしたのだが、電話の向うのシスターの静かな話しぶりはまるで美しい音楽を聞いているようで、気がついた時はハイと言ってしまっていた。

電話を切って、私は絨毯《じゅうたん》の上に長々と寝そべった。両手を自然に体につけ全身の力を抜く。大きく息を吸いながら両手を上へ上げ、頭の上に伸ばして絨毯につけるようにする。十回も繰り返すと体がやわらかくなって疲れが取れると婦人雑誌に書いてあったので、テレビの台本を書いていてセリフに詰まると時々試みていたのである。

棒鱈《ぼうだら》のように長くなって愛を考えるのは不謹慎《ふきんしん》な気もしたが、夏にしては涼しい昼下り、ゆっくりと体を伸ばしながら、私が初めて愛というものを感じたのはいつだろう、などとぼんやりしているのは、何やら神の恩寵《おんちょう》に包まれているようで幸せな気分である。気がついたら小一時間ほどうたた寝をしていた。

目が覚めたら、夕立でも来るのかあたりは薄暗くなっていた。昼寝の目覚めに仰ぐわがマンションの天井はベージュ一色の壁紙でサッパリしているが味気ない。子供の頃見た天井はこうではなかった。天井には木目や節があり、暗い夜のあかりの中で、動物やお化けに見えたりした。そんなことが糸口になって、繭玉《まゆだま》から糸を手繰《たぐ》り出すように子供の頃の夜の情景がよみがえってきた。


子供の頃はよく夜中に起された。

父が宴会から折詰《おりづめ》を持って帰ってくるのである。末の妹はまだ乳のみ児だったから、私をかしらに姉弟三人がパジャマの上にセーターを羽織ったり綿入れのチャンチャンコを着せられたりして、茶の間に連れてこられる。食卓では赤い顔をした父が待ちかまえていて、

「今日は保雄から先に取れ」

と長男を立てたり、

「この前は保雄が先だったのか。それじゃあ今晩は邦子がイチだ」

と長女の私の機嫌を取ったりしながら、自分で取皿に取り分けてくれる。宴席で手をつけなかった口取りや二の膳《ぜん》のものを詰めてくるのだろうが、今考えてもなかなか豪勢なものだった。

鯛の尾頭《おかしら》つきをまん中にして、かまぼこ、きんとん、海老《えび》の鬼がら焼や緑色の羊羹《ようかん》まで入っていた。酒くさい息は閉口だったが、日頃は怒りっぽい父が、人が変ったようにやさしく、

「さあお上り」

と世話をやいてくれるのは嬉しかったし、好きなものをひと口ずつ食べられるのも悪くなかったが、何しろ眠いのである。眠たがり屋の弟は、いつも目をつぶって口を動かしていた。

祖母が父に聞えぬような小さな声で、

「可哀《かわい》そうだから寝かせたほうがいいよ」

と母に言うのだが、母は、上機嫌で調子外れの鼻唄を歌いながら子供たちの食べるのを眺めている父の方に目くばせをしながら、祖母をとめていた。

遂《つい》にたまりかねたのか、弟は人一倍大きな福助頭をぐらりと前へのめらせて自分の取皿を引っくり返し、さすがの父も、

「もういいから寝かせてやれ」

ということになった。

祖母に抱《だ》き抱《かか》えられた弟は、それでも箸《はし》をしっかり握っていて、母が指を一本一本開いて取っていたのを覚えている。もっとも眠い思いも、たかが十五分か二十分のことで、食卓に肘《ひじ》をついたり、腕枕で子供たちの食べるのを眺めていた父は、酔いが廻るのか雷のような大いびきで眠ってしまう。

「さあ、よし。やっとお父さんが寝た」

と祖母と母はほっとして、これも半分眠っている子供たちをそれぞれの部屋に連れてゆき寝かせるのである。

こんな按配《あんばい》だから、朝になって折詰の残りが食卓にならんでいても、本当に昨夜食べたのかどうか半信半疑で、二番目の妹などは、よく、

「あたしは食べなかった」

と泣いていた。

ある朝、起きたら、庭に鮨《すし》の折りが散乱していたことがあった。

例によって深夜、鮨折りの土産《みやげ》をぶら下げてご帰館になり、「子供たちを起せ」とどなったのだが、夏場でもあり、母が「疫痢《えきり》にでもなったら大変ですから」ととめたところ、

「そうか。そんなら食わせるな」

と庭へ投げ捨てたというのである。

乾いて赤黒く変色したトロや卵焼が芝生や庭石にこびりつき、大きな蠅《はえ》がたかっていた。みせしめのためか、母は父が出勤するまで取り片づけず、父は朝刊で顔をかくすようにして、ブスッとした顔で宿酔《ふつかよい》の薬を飲んでいた。

子供たちが夜中に起されるのは折詰だけではなかった。藤色のフェルトの帽子であったり、黒いビロードの黒猫のハンドバッグであったり、童話の本や羽子板であったりした。パジャマの肩に反物《たんもの》をあてがわれ、

「どうだ。気に入ったろう」

と何度もたずねられた覚えもある。

こういう時の子供たちのいでたちというのが全員パジャマの上に毛糸の腹巻なのである。

この格好が、三人ならんで、

「お父さん、お先におやすみなさい」

と礼儀正しく挨拶するところは、チンピラやくざが仁義を切るようなもので、他人が見たらさぞ滑稽《こっけい》な眺めだったろうと思う。私も大きくなるにしたがって毛糸の腹巻がきまりが悪くてたまらず、父の転勤で親許《おやもと》を離れて暮した時は、この格好をしなくてもすむというだけ

で嬉しかった。

私は子供にしては目ざといたちだったらしく、夜更けに、よく大人達が、物を食べているのに気がついた。ご不浄にゆくついでに茶の間をあけると、たしかに餅を焼く匂いがしたのに、父は本をひろげ、母と祖母は繕《つくろ》い物をしていて、食卓には湯呑み茶碗しかのっていない。バナナや水蜜桃《すいみつとう》、西瓜《すいか》など、当時の子供が食べると疫痢になるといわれたものを、親達は子供が寝てから食べていたらしい。その証拠に私が少し大きくなると、

「保雄や迪子には内緒だよ」

とバナナをほんの一口、口に入れてくれることもあった。

「お水を飲んじゃいけないよ」

といわれながら、大人扱いされるのが嬉しくて、翌朝、ゆうべの出来事をほのめかして妹や弟をかまい祖母に叱られたこともあった。


「コンキチ」

といっても、知っているのは我が家族だけであろう。掻巻《かいまき》（小夜具）のことである。

母は手まめな人で、子供用に小さな掻巻を縫ってくれた。黒い別珍《ベッチン》の衿《えり》が掛っていた。それを幼い私が、どういうわけか「コンキチ」と呼び、いつの間にか我が家だけの呼び名にな

ってしまった。私は、随分大きくなるまで、この呼び方は、日本中どこでも通用する正式の日本語だと思い込んでいて、知った時はかなり恥ずかしい思いをした。

コンキチの柄は忘れてしまったが、掛布団にはとても好きな柄があった。臙脂《えんじ》の地色に、黄色や白や藤色で花火のような模様が一面に散っていた。

ある晩、泊り客があった。

客用の夜具布団よりも客の人数が多かったらしく、

「今晩だけ、これで我慢しておくれ」

と、何やらカビ臭い古い毛布などをあてがわれ、代りに大好きな花火の掛布団を取り上げられてしまった。

これから先は、聞いた話になるのだが、翌朝の朝食の席で、客の一人が、「お宅はお子さんの躾《しつけ》が実にいい」と感心している。夜中にスーと襖《ふすま》があくので見ると、一番上のお嬢さん、つまり私が敷居のところで手をついていた。礼儀正しく一礼すると、入ってきて、

「失礼いたします」

と挨拶して、花火の掛布団をズルズルと引きずって引き上げていったというのである。父と母は恐縮して平謝りに謝り、早速客布団を追加して誂《あつら》えたそうだ。

子供の頃の夜の記憶につきものなのは、湯タンポの匂いである。

冬になると、風邪を引くという理由で、子供はお風呂は一晩おきであった。その代り、お風呂に入らない晩は湯タンポを入れてくれる。夕食が終って台所をのぞくと、祖母が草色の大きなヤカンから、湯タンポにお湯を入れていた。把手《とって》のついた口金を締めると、チュウチュウとシジミが鳴くような音を立てた。それを古くなった湯上りタオルで包み、子供用のは蹴飛ばして火傷《やけど》をするといけないというので、丁寧《ていねい》に紐《ひも》でゆわえるのである。

湯タンポは翌朝までホカホカとあたたかかった。自分の湯タンポを持って洗面所にゆき、祖母に栓をあけてもらい、なまぬるいそのお湯で顔を洗うのである。日向《ひなた》くさいような金気の匂いがした。白い琺瑯《ほうろう》引きの洗面器の底に、黒い砂のようなものがたまる時もあった。

爪先立ちをして、袖や胸をぬらさないように顔を洗っていると、台所からかつお節をけずる音がした。昨夜、湯タンポのお湯を沸かした大きな草色のヤカンは台所の七輪の上でまた湯気を上げている。これは父のひげ剃《そ》りと洗面のためのお湯である。父は湯タンポのお湯は使わなかった。何でもお父さんだけ特別にされるのが好きな人だった。父の湯タンポのお湯は、たらいやバケツにあけて、母が洗濯や掃除に使っていた。

戦前の夜は静かだった。

家庭の娯楽といえばラジオぐらいだったから、夜が更けるとどの家もシーンとしていた。布団に入ってからでも、母が仕舞《しま》い風呂を使う手桶《ておけ》の音や、父のいびきや祖母が仏壇の戸をきしませて開け、そっと経文《きょうもん》を唱える気配が聞えたものだった。裏山の風の音や、廊下を歩く足音や、柱がひび割れるのか、家のどこかが鳴るようなきしみを、天井を走るねずみの足音と一緒に聞いた記憶もある。飛んでくる蚊も、音はハッキリ聞えた。

闇が濃いと匂いと音には敏感になるというから、そのせいもあるだろうが、さまざまな音が聞えたような気がする。

その中で忘れられないのは、鉛筆をけずる音である。

夜更けにご不浄に起きて廊下に出ると耳馴れた音がする。茶の間をのぞくと、母が食卓の上に私と弟の筆箱をならべて、鉛筆をけずっているのである。

木で出来た六角の土びん敷きの上に、父の会社のいらなくなった契約書を裏返しにしてのせ、実に丹念にけずっていた。ナイフは父のお下りの銀色の紙切りナイフだった。長方形の極《ご》く薄型で、今考えてもとても洒落《しゃれ》た形だった。安月給のくせに、父はそういう身の廻りのものに凝《こ》る人だったし、その後同じ型のものを見たことがないところを見ると外国製だったのかも知れない。

翌朝、学校へ行って一時間目に赤い革で中が赤ビロードの筆箱をあけると、美しくけずった鉛筆が長い順にキチンとならんでいた。その頃から鉛筆けずりはあったし、子供部屋にもついていたが、私達はみな母のけずった鉛筆がすきだった。けずり口がなめらかで、書きよかった。母は子供が小学校を出るまで一日も欠かさずけずってくれていた。

母は宴会だ会議だと帰りの遅い父を待ちながら、子供たちの鉛筆をけずっていたのだろう。冬は、長火鉢に鉄びんが湯気をあげ、祖母が咳の薬に煮ている金柑《きんかん》の砂糖煮の匂いがすることもあった。夏はうず巻きの蚊取り線香の細い煙がそばにあった。昼間の疲れか、ナイフを手に食卓にうつ伏している姿を見たこともある。

子供にとって、夜の廊下は暗くて気味が悪い。ご不浄はもっとこわいのだが、母の鉛筆をけずる音を聞くと、何故《なぜ》かほっとするような気持になった。安心してご不浄へゆき、また帰りにちょっと母の姿をのぞいて布団へもぐり込み夢のつづきを見られたのである。

記憶の中で「愛」を探すと、夜更けに叩き起されて、無理に食べさせられた折詰が目に浮かぶ。

つきあいで殺して飲んできた酒が一度に廻ったのだろう、真赤になって酔い、体を前後にゆすり、母や祖母に顰蹙《ひんしゅく》されながら、子供たちに鮨や口取りを取り分けていた父の姿である。

朝の光の中で見た芝生に叩きつけられた黒い蠅のたかったトロや卵焼。そして夜の廊下で聞いた母の鉛筆をけずる音。「コンキチ」と口の中で呟《つぶや》くと、それらの光景がよみがえってくる。

私達きょうだいはそれに包まれて毎晩眠っていたのだ。あの眠りのおかげで大きくなったのだ。

だが、キリスト教の雑誌にはこういう下世話《げせわ》なことを書くのもきまりが悪く、枚数も短いことだから、その次の次ぐらいに浮かんだ思い出の「愛」の景色を書くことにした。

ツルチック

三十二年前のことである。

その当時、私は小学校六年生で、四国の高松に住んでいた。父は保険会社の支店長をして居り、社宅は玉藻《たまも》城のお濠《ほり》に面していた。

初夏の頃だったと思う。出張から帰った父は、家族を茶の間に呼び集め、新聞紙でくるんだ一升瓶を取り出した。レッテルは貼ってなかった。父は自分で木の栓を抜き、濃い臙脂《えんじ》色の液体をコップに四分の一ずつ注ぎ分けた。母と祖母、私を頭《かしら》に四人の子供が食卓を囲んで、じっと見つめた。母が薬罐《やかん》の水を加え、私たちはそれを飲んだ。

味は――覚えていない。しかし、世の中にこんなおいしい飲物があったのかと思った。父はその名前を「ツルチック」と教えてくれた。

このことはずっと忘れていた。

たまたま友人としゃべっていて、三年前に遊びに行ったアマゾンのイキトスという町で、カムカムの実で作ったジュースを飲んだ話になった。カムカムは、アマゾン河に自生する茶色の実だが、絞ると薄紅色の淡い酸味のある飲物が取れる。今までにあんなおいしいものは飲んだことがない――と言いかけて、突然三十二年前の記憶がよみがえったのである。

そうなると「ツルチック」が気になってきた。友人達に尋ねたが、聞いたことがないと言う。

「バルチック艦隊というのは知っているけどねえ」

「丹頂チックの間違いじゃないの」

成程《なるほど》、丹頂はツルだが、あんなもの飲めるわけないじゃないか。他人の思い出に、人はそうそう真面目につき合ってはくれない。

父は五年前に故人になっているので、母に電話で聞いてみた。横文字の苦手な六十七歳の母は、「ツルチック」という名前を何度も私に繰返させた挙句《あげく》、記憶がないと言う。

「でも、お母さんも確かに飲んだのよ」

あの時、お母さんはセルの着物を着ていた。柄は藤色と黄色の縞《しま》だった。コップは来客用の六角になったカットグラスだったじゃないの――記憶のあやふやな分だけ、私はムキになっていた。当時、確かにその着物は着ていたし、コップも覚えがあるが、「ツルチック」は知らないと母も頑張る。

母は物覚えのいい人である。電話一本で、昭和初期の納豆売りの服装から竹輪《ちくわ》の値段まで教えてくれるので、テレビドラマを書くのが商売の私は、随分と助かっている。その母に覚えがない、と言われたので、私の自信も少しぐらついた。そこで、事のついでに、その頃の、つまり三十二年前のほかのことを思い出してみた。幸い、父の転勤の関係で、高松には二年しか居なかったので、思い出し易い。

こんなこともあった。

夜、台所へ行くと、土間に下駄と木のごみ取りがプカンプカンと浮いていた。高松港が近いので、赤潮がお濠に流れ込み、床下浸水になったのだ。おかげで私の作っていた落花生《らっかせい》の畑は全滅した。落花生には馬糞がいい、と父の会社の小使いさんが教えてくれたので、私は二階の勉強部屋から下の大通りを睨《にら》んでいて、荷馬車が通るとごみ取りを手に飛び出しては、湯気の立つ馬糞を拾って丹精したのだが……。その馬糞拾いの最中に、屠殺場《とさつじょう》へ運ばれる途中の豚が大挙逃げ出すのに出くわした。その中の一頭がうちの門の前で、二、三人の男をはね飛ばして大暴れをするのを見た記憶もある。

「そんなこともあったねえ」

懐しそうな母の声が、電話の向うから返ってきた。私の記憶もそう不確かではない、となったところで、再度「ツルチック」を確かめたが、返事はやはり同じであった。弟や妹にも聞いたが駄目だった。

「ツルチック」――あれは一体何だったのだろう。子供も飲んだのだから、酒でないことは確かだ。色から考えて、ぶどうか苺《いちご》の原液の一種と思うが、それ以上は見当がつかない。

とにかく私は飲んだのだ。味は忘れたが感動は覚えている。

私は何人かに「ツルチック」のことを尋ねた。その度《たび》に、三十二年前の記憶を繰返す破目になったが、話す度に少しずつ潤色《じゅんしょく》していることに気がついた。思い出に加筆修正するほど勿体《もったい》ないことはない。

思い出にも鮮度がある。一瞬にして何十年かさかのぼり、パッと閃《ひらめ》く、版画で言えば一刷が一番正しく素晴しい。私の「ツルチック」も、古証文《ふるしょうもん》を書き直すように記憶の日付だけ書き改めて、判らないものは判らないままに、また記憶の底に仕舞《しま》い直そう。

続・ツルチック

一番はじめの電話がかかってきたのは、夜の八時である。初老と思われる男の声で、

「あなたの飲まれたツルチックは、本当にあったんですよ」と言われた。

ツルチックのことを書いた文藝春秋の発売日の前の晩であったので、私は咄嗟《とっさ》に何のことか判らず、ひと呼吸あってやっと意味がのみこめた。

見ず知らずの読者の方であったが、興奮を押えようとしながらも弾む声で、

「自分は終戦前の何年かを朝鮮の羅南《らなん》というところで過したが、ツルチックはそこの土地だけで作られ売られていた飲物である。美しい色をした実においしいものだった。あなたの父上がどういう経路で手に入れられたものか知らないが、あなたの記憶通りです」

懐しいなあという溜息もまじえながら、当時の羅南のことを二十分ばかり話して下さった。

これが嬉しい騒ぎのはじまりであった。

次の朝は七時半からひっきりなしの電話である。いずれも終戦前に北朝鮮に住んでいらした方で、ツルチックのことを教えて下さりながら、ソ連軍侵攻におびえた敗戦前後の有様《ありさま》、そのまま生き別れになった家族のこと、戦犯として捕えられ、現地で刑死した弟さんのことに言及され絶句される方、物資のない頃の結婚式の乾杯用にツルチックを用いたことなどを、こもごも語って下さった。体験談はいずれも心に沁《し》みるものばかりであった。私は三十何年前の遠い記憶が間違っていなかった嬉しさより、そちらの方の重さと大きさに打たれていた。電話は最初の日だけで、二十本を越し、夜中の一時まで続いた。

三日目からは、手紙の束が、郵便箱の蓋《ふた》がしまらぬほどふくれ上って配達されるようになった。御紹介させていただきたいものも沢山《たくさん》あるが、他人様の信書をみだりに公開するのは憚《はばか》りがある。右総代《みぎそうだい》という形で、文藝春秋七月号の読者の頁「三人の卓子」に掲載された稲垣氏の一文を転載させて頂くことにする。

本誌六月号に掲載された向田邦子氏の「ツルチック」を読み、戦後三十数年たった今でも覚えていてくださったのかと感無量で思わず泪《なみだ》ぐんでしまいました。朝鮮語の音に従えば「ツルチュク」ですが、これは白頭山一帯でみられる学名を「クロマメの木」というう高山植物です。木の高さは約五十センチ位で、白い小さな花が咲き、ちょうど山ブドウと同じ大きさでルビー色の実をつけます。その実を加工して滋強飲料として売り出したのが私の亡父です。

毎年八月頃に実を採集し、二、三年ねかせて発酵した原液を四斗樽《しとだる》に五十〜七十本ぐらい詰め、砂糖（白ザラ）を加えて濃度三十度の天然果汁を羅南で製造販売していました。

戦前は、朝鮮、満州、台湾そして日本でも販売し、白頭山特産品としてよろこんで頂いたのですが、終戦とともに内地に引揚げざるをえず、残念でなりませんでした。

終戦後、私は写真店を開業してどうにかやってきましたが、ふと気づくと何時《いつ》のまにか還暦、いまはただ夢のような羅南時代を懐しんでおります。

（瀬戸市元稲垣日本堂店主　稲垣正次　六十二歳）

騒ぎは、一月半ほどにわたり、手紙は三百通を越えた。当時の羅南の街の地図、写真、ツルチック工場のスナップや瓶のレッテルも頂戴《ちょうだい》した。ツルチックのことを書いた自作の小説や歌集を送って下さった地方在住の作家の方もいらした。発売から二月目《ふたつきめ》に入ると、ハワイやカリフォルニア、南米、シンガポール、韓国、中国からも同様の航空便が舞い込んだ。

群馬県草津の、教職においでの方であったが、若い日、羅南で飲んだこの味が忘れられず、草津の山にクロマメの木が自生するのを幸い、似たものを作りましたと、実物をお届けいただだいた。幼い日に飲んだものより、心持ち甘味がうすく、苦味があるようであったが、味は野趣に富み結構なものであった。

ふと心をよぎった思い出を書いた小さな文章が、思いがけないものを私に与えてくれた。正直いって、電話の応対で仕事どころではない日もあり、締切りをひかえてテレビ局への言訳に汗を掻《か》いたこともあった。頂戴した手紙全部に礼状の書けない心苦しさが残ったが、行ったこともない小さな街羅南は、私にとって、ほかの異国の街とは違った響きを持つ場所になった。

数え切れないほど戴いた電話や手紙の中で、風変りなのがひとつあった。

夜の九時頃かかってきた電話である。物静かな中年の男性の声であった。

「自分の祖父が、大阪で誰かと合同でツルチックを売り出す会社を作ることになり、宣伝材料まで作ったが、途中で沙汰《さた》やみになってしまった。その時作ったツルチックの名前の入ったトランプで子供の頃遊んだ記憶があります。汚れていますが、送って差し上げましょう」

とおっしゃり「お互い忙しいのですから、私もなにも書きませんが、そちらも礼状など無用です」と細やかな心遣いをして下さる。

私の電話番号は、同業の川崎洋《かわさきひろし》氏から聞きましたといわれるところをみると、この方も詩を書く方らしい。お名前を、と伺ったら、何やら電話の向うで聞えたが、お声が小さかったのか聞きとれない。聞き返すのも失礼にあたるのでお礼を申しあげて電話を切った。三、四日たって、いつものように郵便箱いっぱいに詰まった手紙を取りまとめて封を鋏《はさみ》で切り、端から読んでいたら、一通の封書から、白い便箋《びんせん》に包まれたトランプが一枚落ちてきた。当時としてはモダーンなデザインであろう。白地に黒で「ツルチュク」と描かれたジョーカーであった。子供らしい鉛筆のいたずら書きがあり、丹念に消しゴムで消した痕《あと》があった。電話で言われた通り、それだけであった。

封筒の裏をみたら、谷川俊太郎《たにかわしゅんたろう》と書いてあった。

残った醤油

子供のころ、小皿に醤油《しょうゆ》を残すとひどく叱られた。

叱言《こごと》を言うのはたいてい父であったから、父と一緒の食事で醤油を注ぐときは、子供心にも緊張した。この緊張がかえっていけないのであろう、気をつければつけるほど、醤油は醤油注ぎの口から心づもりより必ず多目に小皿にこぼれてしまう。

「お前は自分の食べる刺し身の分量もわからないのか。そんなにたくさん醤油をつけて食べるのか」

早速《さっそく》に父の叱言がとんでくるのである。祖母や母がとりなして、

「この次のご飯のときに、使わせますから」

と言って、醤油の残った小皿は戸棚にしまわれ、次の食事の時にまた私の前に置かれたこ

ともあった。

豊かではなかったが、暮しに事欠く貧しさではなかった。昔の人は物を大切にしたのであろう。今でも私は客が小皿に残した醬油を捨てるとき、胸の奥で少し痛むものがある。

食べる人

拾う人

人がお弁当を食べている。

おかずを覗《のぞ》き込まずに通り過ぎることが出来たら偉い人だと思うが、私は絶対に駄目である。

六、七年前のことだが、機動隊がうちのマンションの塀《へい》にもたれてお弁当を食べていた。青山の表参道に近い、いわゆるデモ銀座とよばれるあたりだから機動隊は珍しくないが、路上の昼餐《ちゅうさん》というのは珍しい。早速《さっそく》、得意の横目を使って拝見したところ、折詰《おりづめ》の中身はいなり寿司と海苔《のり》巻《まき》詰合せで、当時の見積り金額は一人前二百八十円ほどであった。

お使いに出たら、通りひとつ向うで、デモ隊の一群がやはり路上に坐り込んで折詰をひろげている。これも申し合せたようにいなり寿司と海苔巻であったが、数も少なく一人前二百三十円ほどと値踏みされた。これでは五十円分だけ負けるな、と心配になった。

桜の下や芝生の上なら風流だが、同じ格好で坐り込んでもこれが街中《まちなか》のコンクリートの上だと異様な眺めである。団体だからまだいい。これが一人や二人だったら、異様を通り越して惨めであろう。

今年のお花見は墨堤《ぼくてい》へ出かけたが、そこでちょっと面白いアベックを見た。

夕暮時で、彼女の手造りらしいお弁当を食べているのだが、二人の場所は大きな臨時のごみ箱の隣りであった。二人とも二十五、六。感じのいい恋人同士に見える。それにしても、ほかに場所はないものかと思ってみていたら、女の方が立ってごみ箱をあさり始めた。あっけにとられて見ていたら、ひとがほうり込んだ折詰弁当の中から、小さなプラスチックの醬《しょう》油《ゆ》入れを探して、男に手渡している。忘れて来たのであろうが、ひとの使いかけを探して少しも悪びれた様子がない。

大したものだな、私には出来ないな、と思いながら帰ってきた。びっくりしたせいかいつにないことだが、肝心《かんじん》のおかずを拝見するのを忘れてしまった。

国電山手線の中でアルミのお弁当箱をひろげて食べているひとを見たことがある。太宰治が自殺した年だったと思う。男は中年のセールスマン風で、当時としてはそう珍しい眺めではなかった筈《はず》だが、今でも忘れないのは、箸《はし》代りに万年筆と鉛筆を使っていたせいである。

ドカ弁と呼んでいた大きな弁当箱に、足で踏み固めたかと思うほどきっちりと御飯が詰めこまれていた。おかずは何だったか覚えていない。男は無表情に箸（？）と口を動かし、吊皮にブラ下った乗客は黙って口許《くちもと》を覗《のぞ》き込んでいた。

車内のビロードのシートが、あちこち細長く切取られて色の違う布で補綴《ほてつ》されていた。車内にも窓の外にも美しい色彩や音楽はなかったような気がする。

私の勤め先はビルの五階であった。

映画雑誌を出していたので、昼間は試写や取材に追われ、割りつけや細かな原稿書きはどうしても夜になる。八時を過ぎると残業のお弁当を取るのだが、或時《あるとき》、取材先から帰ってくる社員の分も入れて注文し、やっと届いたところへその社員が帰ってきた。

折角《せっかく》だが、時間の約束があり、食べる閑《ひま》もなく出掛けなくてはならないと言いかけて、

「サンドイッチを貰《もら》ってゆこう。階段をおりながら食べるよ」

と言い直した。

エレベーターはあったが、オートメーションではなく手動式なので五時以後は階段を使わねばならなかった。サンドイッチを紙にくるんで、彼は階段を下りていった。

美しい字と文章を書く、容姿の美しい男性であった。モーツァルトが好きだといっていた。

彼が卵のサンドイッチを頬《ほお》ばりながら古びたビルの、しけったような饐《す》えたような匂いのする暗い階段をゆっくり下りてゆく光景を考えた。

私はこんな形で夕食を済ますことは出来そうもない。強靭《きょうじん》な人だなと思った。

うちには猫が三匹いる。

中の一匹が九歳になるコラット種の牡《おす》なのだが、これがシーズンともなると、甚《はなは》だ強烈なラブ・シャワー、つまりホルモン入りのおしっこを遊ばすのである。大体猫のおしっこは執念深く匂うものだが、彼氏のはケタはずれで、いったんしみついたとなると十日経とうが二十日干そうが、絶対に消えないのである。先祖にいたちかスカンクがいたとしか思えない。匂いが目に沁《し》み脳天がしびれ吐気がしてくる。ガス・ストーブもやられ電気こたつも駄目になった。Gパンの裾《すそ》にかかったので洗濯したら、一緒に洗濯したもの全部に匂いが移って全滅した程である。

　気をつけていたのだが、マットレスをやられてしまった。買い立てで上物《じょうもの》だったが、仕方がない。粗大ゴミを出す日を調べ、涙を呑んで捨てに行った。セミダブルなので、かなりの大きさ重さである。みっともないので、人さまがまだ眠っている早朝を狙《ねら》って、タオルで鼻をおおい、エッサエッサと街角のゴミ置場まで引っぱって行った。マットレスを電柱に立てかけ、そうだ、ついでだからとアパートに取ってかえし、こわれた箱などを手にもう一度戻ってみると、なんとさっき捨てたマットレスが消えている。誰か拾っていったのである。おもては風がある。室内では強烈に匂うあの匂いも、外ではあまり感じないのかも知れない。ひょっとしたら、蓄膿症《ちくのうしょう》の方かも知れないぞと思いながら家へもどった。

匂いのもとを追い出し、サッパリと朝風呂に入ったところで、また気になった。散歩がてら覗《のぞ》いてみたら——何と私のマットレスは再びもとのところに立てかけてあった。

どこのどなたか知らないが、かついで帰ったものの匂いに気づき、再び捨てにいらしたのであろう。

この日一日、私は笑い上戸《じょうご》であった。私は東京っ子のせいか「ええかっこしい」のところがある。網棚に読み捨てた新聞を拾って読む人を、そうまでしなくても、という目で見ていた。拾と捨という字をよく間違える癖に、拾うより捨てる方を一段上と思っていた。しかし、マットレスをかついで帰り、鼻をつまんで再び戻しに来た人を考えると、この方が人間らしいなという気がして来た。

食べたかったら万年筆の箸で食べればいいのである。暗い階段で食べる卵サンドイッチもオツな味がするかも知れない。欲しいものがあってもはた目を気にして素直に手を出さないから、いい年をして、私は独りでいるのかも知れない。何だか粗大ゴミになったような気がして来た。

いちじく

このところ、いちじくの料理に凝《こ》っている。

料亭で出たいちじくの胡麻味噌《ごまみそ》掛《が》けの一皿がとてもおいしかった。胡麻味噌は黒胡麻である。とろりとした舌ざわりも香りも、ほんのりした甘味もみごとであったが、胡麻をこれだけ摺《す》るには、腕がくたびれるほど摺らなくてはならない。

子供の時分に、母や祖母の手伝いで摺り鉢《ばち》を押える役目をさせられた。台所の床に坐り、力いっぱい大きな摺り鉢を押える。ちょっと油断すると、摺り鉢はかしいでしまって、

「どこ、押えてるの」

と叱られた。

一人暮しで、摺り鉢を押えてくれる人間もいないので、当り胡麻を作るときは小さな乳鉢《にゅうばち》

を使っているのだが、なんだかトリの摺《す》り餌《え》をつくるようで味気ない。

いちじくは食べたし、胡麻味噌は面倒だし、と思っていたら、友人からいちじくの酢味噌掛けが届いた。

いちじくは蒸したのと生《なま》と二通り入っている。それぞれにおいしかった。早速《さっそく》真似をしてつくってみたのだが、このとき十年以上も前に、なにかの雑誌で読んだ記事がふとよみがえった。

書かれた方は、吉川英治《よしかわえいじ》氏である。

いちじくを、ウイスキーだったかブランデイだったか、とにかく洋酒だけでことこと煮る。ただそれだけだが、とてもおいしい箸《はし》休めになるとあった。たしかそんな記事を読んだような気がする。

そのうちやってみよう、真似をしてみようと思いながら、ついついそのままにしていたのを思い出したのだ。

善はいそげ。

私はつくりたい料理をつくるとき、原稿の締切が迫っていて、本当は料理に励むより字を書かねばならないとき、自分にこう号令をかける。

近所のスーパーへ走って、いちじくを一パック買い、皮をむいて、琺瑯《ほうろう》の鍋にならべた。

ウィスキーを、すこし勿体《もったい》ないな、と思いながら、ひたひたに注ぎ、煮たったところで火を細めて十五分ほどことことと煮た。

煮汁ごと冷ますと、いちじくは半分透き通り、アルコールの匂いは飛んで旨味《うまみ》だけが残り、これを冷たくして酢味噌を掛けると、なかなかおいしい一品になった。

いちじくに薄味をつけ、酢味噌を掛けずに食べるやり方も、近く研究してみるつもりである。

酢味噌掛けのほうは、生のいちじくでもかなりおいしい。この場合は、いちじくをほんの少し熱湯につけると、薄皮が楽にむける。天地を落して半分に切り、切口に味噌をかければ出来上りである。凝り性なので、この二、三日、たて続けに食べている。

いちじくはひと頃、生ハムに添えて食べるのに凝ったことがあった。よく生ハムとメロンの取り合せがおいしいというが、私はメロンの甘味よりいちじくのあるかなきかの酸味が好きだ。

二十代のある時期住んだうちに、大きないちじくの木があった。季節になると食べ切れないほどの実をつけたが、自分のうちにあると思うと食べたくなかった。ジャムにしたり料理法を変えて食膳《しょくぜん》にのせようなど、考えもしなかった。

庭もなくいちじくの木もない殺風景な街なかのアパート暮しをするようになって、私は一パック六個入り四百円のいちじくを買い、改めてその大人っぽい味に感心しているのである。まさに昔はものを思わざりけりである。自分のうちにあるというだけで、有難いと思わずに見過していたのである。


うちは女姉妹が三人いるので、よく取り替えっことというのをした。

季節の変り目や大掃除のときに、着あきた洋服やベルト、バッグなどを妹たちに払い下げたり、新しいハンカチ二枚と取り替えたりするのである。

私は長女なので、そこは大様《おおよう》に構えて妹たちから見返りなど取らず、気前のいいところを見せるのだが、何日かたって、妹たちが私のお下げ渡しした品を、私よりも上手に着こなしたりしていると、すこし心おだやかでないものがある。早まったな、という気持になる。

「悪いけど、カン違いしてたのよ。それ返してくれないかなあ。代りに別なの上げるから」

そう言って、再度取り上げたこともあったが、そういうときの、妹たちの軽侮《けいぶ》に満ちた眼《まな》ざしと、自分の年を考えて、最近は取り返すことだけはしないようにしている。

「似合うじゃないの。やっぱりモノのいいものは違うなあ。あんた、品よく見えるわよ」

などと、お世辞だか恩着せだか判らないセリフを言いながら、自分の手許《てもと》にあったとき、どうしてこのよさに気がつかなかったのかと、このときもかなり口惜しい思いをするのである。

　パーティに出掛けてドキッとするのは、もと夫婦で、いまは別れた人たちがバッタリ顔を合す現場に居合せてしまうことである。

　ご主人のほうと私がしゃべっている。

　あ、と思う。

　向うから、もと夫人がやってくる。二人とも、私にとっては友人である。

　こういう場合、どうしたらいいのか、とっさに判断がつかない。わざと知らん顔をするのもわざとらしいし、と気をもんでいると、ご主人のほうも同じ気持とみえて、とたんに話の受け答えがおかしくなってくる。さりげなく世間ばなしをしているようにみえて、心ここにないのである。

　夫人のほうが、こちらを見て、あらという顔をする。

　さっきから気がついていたのだが、気持を決めるのに、三秒か五秒かかったらしく、気がついてから、あらまで時差がある。

　にこやかに歩み寄り、

「お元気ですか」

「おかげさまで」

わざと礼儀正しい挨拶があり、またにこやかに右と左に別れてゆく。

もと夫人のほうは、もとご主人のワイシャツの衿《えり》の汚れ具合からネクタイ、靴までさりげなく視線を走らせ、もとご主人のほうも、もと夫人の衿足、胸もとあたりを、チラリと一瞥《いちべつ》する。

別れた女は、その直後、華やかな席に出るとき、特にその席で、もとご主人に逢う可能性のあるとき、例外なく前より化粧が濃くなり身なりにも気を遣い、若々しく美しくなっている。

私はこのあと、偶然に、もとご主人のほうのグループと二次会をつき合う破目になったが、どういうわけか、もとご主人は水割りのお代りのピッチがいつもより早いようであった。

水羊羹

私は、テレビの脚本を書いて身すぎ世すぎをしている売れのこりの女の子（?）でありますが、脚本家というタイトルよりも、味醂《みりんぼ》干し評論家、または水羊羹《みずようかん》評論家というほうがふさわしいのではないかと思っております。今日は水羊羹についてウンチクの一端を述べることに致しましょう。

まず水羊羹の命は切口と角であります。

宮本武蔵か眠狂四郎《ねむりきょうしろう》が、スパッと水を切ったらこうもなろうかというような鋭い切口と、それこそ手の切れそうなとがった角がなくては、水羊羹といえないのです。

水羊羹は、桜の葉っぱの座ぶとんを敷いていますが、うす緑とうす墨色の取合わせや、ほのかにうつる桜の匂いなどの効用のほかに、水羊羹を器に移すときのことも考えられているのです。つまり、下の桜のおザブを引っぱって移動させれば、水羊羹が崩れなくてもすむという、昔ながらの「おもんぱかり」があるのです。

水羊羹は江戸っ子のお金と同じです。宵越《よいご》しをさせてはいけません。傷《いた》みはしませんが、「しわ」が寄るのです。表面に水気が滲《し》み出てしまって、水っぽくなります。水っぽい水羊羹はクリープを入れないコーヒーよりも始末に悪いのです。

固い水羊羹。

これも下品でいけません。色も黒すぎては困ります。

小学生の頃、お習字の時間に、「お花墨」という墨を使っていました。どういうわけか墨を濃くするのが子供の間に流行《はや》って、杉の葉っぱを一緒にすると、ドロドロになって墨が濃くなるというので、先生の目を盗んでやっていましたが、今考えてみますと、何も判っていなかったんだなと思います。墨色の美しさは、水羊羹のうす墨の色にあるのです。はかなくて、もののあわれがあります。

水羊羹は、ふたつ食べるものではありません。口あたりがいいものですから、つい手がのびかけますが、歯を食いしばって、一度にひとつで我慢しなくてはいけないのです。水羊羹を四つ食った、なんて威張《いば》るのは馬鹿です。その代り、その「ひとつ」を大事にしましょうよ。

心を静めて、香りの高い新茶を丁寧《ていねい》に入れます。私は水羊羹の季節になると白磁《はくじ》のそばちょくに、京根来《ねごろ》の茶托《ちゃたく》を出します。水羊羹は、素朴な薩摩硝子《ガラス》の皿か小山岑一《しんいち》さん作の少しピンクを帯びた肌色に縁だけ甘い水色の和蘭陀《オランダ》手の取皿を使っています。

水羊羹と羊羹の区別のつかない男の子には、水羊羹を食べさせてはいけません。そういう野郎には、パチンコ屋の景品棚にならんでいる、外箱だけは大きいけど、ボール紙で着ぶくれて、中身は細くて小さいいやにテカテカ光った、安ものの羊羹をあてがって置けばいいのです。

ここまで神経を使ったのですから、ライティングにも気を配ろうじゃありませんか。蛍光灯の下で食べたのでは水羊羹が可哀《かわい》そうです。

すだれ越しの自然光か、せめて昔風の、少し黄色っぽい電灯の下で味わいたいものです。

ついでに言えば、クーラーよりも、窓をあけて、自然の空気、自然の風の中で。

ムード・ミュージックは何にしましょうか。

私は、ミリー・ヴァーノンの「スプリング・イズ・ヒア」が一番合うように思います。この人は一九五〇年代に、たった一枚のレコードを残して、それ以来、生きているのか死んだのか全く消息の判らない美人の歌手ですが、冷たいような甘いような、けだるいような、なまぬくいような歌は、水羊羹にピッタリに思えます。クラシックにいきたい時は、ベロフの弾くドビュッシーの「エスタンプ（版画）」も悪くないかも知れませんね。

水羊羹は気易くて人なつこいお菓子です。どこのお菓子屋さんにでも並んでいます。そのくせ、本当においしいのには、なかなかめぐり逢わないものです。

私は、今のところ、「菊家」のが気に入っています。青山の紀ノ國屋から六本木の方へ歩いて三分ほど。右手の柳の木のある前の、小づくりな家です。

粋《いき》な着物をゆったりと着こなした女主人が、特徴のあるハスキーな声で、行き届いた応対をしてくれます。この人の二人の息子さんが奥でお菓子を作っているのです。とてもセンスのあるいい腕で、生菓子も干菓子もみごとです。お茶会のある日など、ひる過ぎにゆくと売り切れということもあります。

入って右手の緋毛氈《ひもうせん》をあしらった待合の椅子に腰かけて、「唐衣《からごろも》」や「結柳《むすびやなぎ》」と、それこそうす墨の美しい手で書かれた小さな紙の入った、干菓子を眺めているだけで、日本というのはいい国だなと思います。この字も、すてきな女主人の筆なのです。

水羊羹が一年中あればいいという人もいますが、私はそうは思いません。水羊羹は冷し中華やアイスクリームとは違います。新茶の出る頃から店にならび、うちわを仕舞《しま》う頃にはひっそりと姿を消す、その短い命がいいのです。

蜆

蜆《しじみ》の未来について本気で心配したことがあった。

出版社につとめていた時分で、当時、私はお昼というと、よく近所の天ぷら屋に出掛けていた。

家族だけでやっている小体《こてい》な店構えだが、大根おろしひとつにも親身《しんみ》なものがあり、値段が安いこともあって、編集部の先輩たちと連れ立っては、三日に一度はこの店で天丼や天ぷら定食のお世話になっていた。

ある時、気がついたら、満員の客の前に、蜆の味噌汁のお椀があった。満員といったところで、膝送《ひざ》りで詰めて二十人ほどだが、全員が蜆の椀を手に、チュウチュウと実を吸ったりしているのは、かなりみごとな眺めであった。

急におかしくなった。

私の勤め先は日本橋だったが、サラリーマンに昼食を出す店はこの界隈《かいわい》だけで、何百軒とあるに違いない。酒、たばこを飲む男たちは、蜆は肝臓にいいというので、若布《わかめ》やなめこがあっても、味噌汁は蜆ということが多い。

東京中、いや、日本中で、お昼だけでも、トラック何十台分の蜆が味噌汁の実になっているのではないか。

私がそのことを言うと、編集部切っての物識《ものし》りと言われているひとが解説をしてくれた。

「蜆は、おそろしく成長が遅くて、こうやって俺たちの口に入るまでに、でかいのだと六十年は経っているんだよ」

六十年。

私の年の三倍近い。

ということは、いま、自分がせせっている小指の爪ほどの小さいのでも、私と同い年ではないのか。

ため息が出てしまった。こんなことをしていたら、いまに日本の蜆は全滅してしまう。それ以来、蜆を食べるときは、これは何歳だろう、私より年上かしらなどと思ったりするので、どうも落着かなかった。

物知らずなはなしだが、私は随分長いこと、この蜆六十年説を信じていたのだが、近年、ふとしたことから、真相を知ることが出来た。

たしかに蜆は成長の遅い貝で、一年に三、四ミリしか大きくならない。ということは、二センチほどの蜆は七歳ということになる。人間の子供なら親に理屈のひとつも言う齢《とし》である。六十年は間違いと判って、少し気が楽になったが、いったん染みついた、お椀いっぱいの六十歳の蜆というイメージは容易に消えなくて、いまも、

「お椀は何にしますか」

といわれると、つい気弱にも、

「若布にして下さい」

と答えたりしている。

蜆の次に心配したのは、割箸《わりばし》である。友人で料亭の女あるじだったひとがいるのだが、ある年、税務署に、客の人数をごまかしているのではないかと追及《ついきゅう》を受けたというのである。使った割箸の数と合わないではないかと言われたそうだ。友人は気の強い人であったし、潔癖なたちなので、いきり立って反論した。

「うちは、そのへんの一膳《いちぜん》めし屋ではありませんよ。お刺身や焼魚の生臭《なまぐさ》を出したあと、茶

そばやそうめんの注文があれば、箸を替えています」

その通りであろうが、私はまたまた心配になった。

一億の人間が、全員割箸を使っているわけではないが、一日に二度三度外食の人もいる。割箸は洗ってもう一度使うということは出来ないから、一日に使い捨てられる量は、考えただけで空恐ろしい。

そんなことを考えながら割箸を割ると、力の入れ具合がよくなかったのか、材質がお粗末なのか、ちゃんと二つに割れず、片方は三分の二あたりのところで折れたりしている。一膳無駄にしてしまったと思い、手勝手の悪さを我慢して、それで済ませたりしていた。

私は人間の出来が小さいのであろう。人類の未来も、地下資源有限論も気にならないことはないのだが、それと同じくらいに割箸の将来についても思いをはせ、時折、不安な気持になってしまう。

見るだけでため息の出るものに人文字がある。

競技場で、坐っている人間が、あれは白や赤の板を持ち、一斉《いっせい》に頭上に上げることで「優勝」や「万歳《ばんざい》」などの文字を描いてみせるのである。

日本でもかなりみごとなのを見かけるが、何といっても物凄《ものすご》いのは中国で、あれは北京《ペキン》の労働者体育場というところだろうか、あッという間に「毛沢東万歳《もうたくとう》」や五星紅旗《ごせいこうき》になる人文字の鮮かさには、息をのむものがあった。

息をのみながら、私は心配になる。

あの沢山《たくさん》の人の、お弁当とご不浄はどうなっているのだろう。

時分どきになったら、どんなお弁当がくばられるのだろう。そのカラはどこにどうして捨てるのだろう。中国の女性は日本人ほどハンドバッグを持っている人はすくないようだから、お弁当も自前ではなく、まとまって支給されるのだろうが、お茶やお水はどうなっているのだろう。そして、一番気にかかるのは、ご不浄なのである。

毛主席や周首相のことを考えたら、そんなものをもよおす筈《はず》がないということになっているのではないか。私のように「近い」人間は、さて、その瞬間、パッと板を頭上に持ち上げる瞬間、ご不浄の中でまごまごしていて、そこだけ歯欠けのように欠けてしまい、あとで叱られたりするのではないかと、気を揉《も》んでしまうのである。


おいしいものがあると、早く味わいたいと思うのか生れつき口がいやしいのかあわてて早く食べる癖がある。その結果、いい年をして、子供のようにしゃっくりが出てしまう。

そんなところから、舞台で芝居をしたり歌を歌っている最中に、しゃっくりが出たら、どんなに困るだろう、役者や歌手にならなくてよかったと思っていた。

本職の人たちは大丈夫だろうかと、持ち前の取り越し苦労をしていたところ、都《みやこ》はるみさんとおしゃべりをする機会があった。

好きな飲みものはコーラだという。

「ゲップが出ませんか」

「出ますよ」

大歌手はケロリとした顔でこうつづけた。

「あたし、ゲップ、ごまかしながら歌うの、とてもうまいの」

彼女のうなり節が、ラムネのあぶくのように出るゲップを、プチンプチンとひとつずつ潰《つぶ》してゆくのが見えるようで、それからは都はるみさんがテレビで歌っているのを見るのが楽しみになった。

パセリ

サンドイッチやかにコロッケの横についているパセリを食べようとすると、

「およしなさい」

ととめる人がいる。

「パセリというのは使い廻しなんだ。誰の皿についたか判らないんだから」

さも汚ないという風《ふう》に眉をしかめておいでになる。

そういえば、サンドイッチに寄りそうパセリに、ホワイト・ソースがくっついていることがある。その時だけはさすがの私も考えてしまったが、あとは何回目かのおつとめか知らないが、別に親の仇《かたき》が嘗《な》めたわけじゃなし、ビタミンCもあることだからと、茎までいただいて、口中をサッパリさせることにしている。

衛生家というか懐疑派の人は、さざえの壺焼《つぼやき》を前にした時も、決して軽々《けいけい》に、殻に口をつけて、たまったお汁《つゆ》をすする、などという真似はなさらない。

「あ、待ちなさい」

ひょっとこの顔で、殻のところへ唇を持っていっている私を手で制して、おもむろに自分の前のさざえの殻から身を取り出して、別の小皿に一列にならべてみせる。

「ほうら。ね。一個の半分も入ってないでしょう。見場《みば》のいい大きなさざえの殻は、底が抜けるまで何度も火の上に乗っけられて、客の前に出されるわけですよ」

鬼の首でも取ったように言われるが、そんなことは常識ですよ。一人前のさざえの壺焼に身をひとつそのまま使ったら、銀杏《ぎんなん》やかまぼこやおつゆが入る余地はないじゃないですか。女ならみんなそのくらい知ってますよ。知ってても黙っているんです。黙ってだまされているんです。その方がおいしく食べられるじゃありませんか、と言い返したいのを我慢して、ひょっとこの唇をもとへもどし、身をつまみ出して食べていると、だんだんと味気なくなってくる。さざえではないが、身も蓋《ふた》もないという気がしてくる。

「いいや私は。誰かのよだれが入っていてもおいしいほうが」

と言いながら、わざと焼けた殻に唇をつけ、アッチッチとしなくてもいいやけどをしたりするのである。

こういう人は、間違ってもバーゲンで一本七百円のネクタイなどしていない。草木染かなんかの、渋くて凝《こ》ったものを、わざとはずして、ゆるく結んでいる。

背広も紺などという月並みな色ではない。

何のなにがしという、知る人に言えば知っている地方在住の作家に特に頼んで織らせたうぐいす色に七色とんがらしをぶちまけたような手織のホームスパンの替え上衣《うわぎ》である。

名刺も、白いはらわたの透いて見える手すきの、端がギザギザになった特別誂《あつら》えで、書体も平明（ヒラミン）だったりする。

封筒も、同じく凝ったものだし、切手も珍しいものを使っておいでのようだが、変型封筒に見合うものを貼ってないらしく、受取ったほうで不足料金を払わなくてはならなかったりする。

結婚式のスピーチなども、決して「おめでとう」だの、幾久《いくひさ》しくお幸せにだのという手垢《てあか》のついた言葉は使わない。

「めでたさも中位《ちゅうくらい》なり今日の宴《えん》」

とにかく、ひとひねりひねらないと納まらないのである。

見ていて大変だなあと思えてくる。人と同じ二十円のはがきを使い、そのへんで作ってくれる普通の名刺では駄目なのかしら、と思う。気のせいか、こういう人は、老けが早いような気がする。しわも白髪も人より早く、うしろ姿の怒った肩がさびしく見える。

この人はいつ頃からこうなったのだろう。赤んぼうのときから、変ったオッパイの飲み方をしたのだろうか。人と同じように「ウマウマ」といい、這《は》い這いをしたり、たっちをしたりしなかったのだろうか。

細かいことには無頓着《むとんちゃく》な人がいる。

コーヒー・カップに口紅が残っていても、知っていて知らんプリをしているのか、気がつかないのか、平気で唇をつけている。会議などしていて、みんなで食事を取ることがある。出前持ちが間違えて持ってきたりしても、意地悪くとがめたりせず、勿論《もちろん》、持って帰れの、新しく持ってこいのなどとは絶対に言わず、

「一食ぐらい何食っても死なないよ」

間違えた分を自分のおなかに入れている。

こういうひとは、あまりお洒落《しゃれ》でないことが多い。紺の背広に茶色の靴。時計はセイコー。百円ライターである。結婚式のスピーチなども、まあ月並みだし、趣味もゴルフ、マージャンである。ゴルフだけは嫌だね、と唇の端をゆがめて笑う、パセリを食べるなという男とは正反対である。

直属の上司が引越しをする。

紺の背広の方は、テレたり悪びれたりしないで手伝いにゆく。パセリの方は、わざと行かないで、次の晩、酔っぱらって手彫りの民芸調の表札を打ちつけに行ったりする。

大分前のことだが、四、五人の男性とあるバーで飲んだことがあった。すぐうしろの席に酒癖のよろしくないかたがおいでになって、何が気に入らなかったのか、いきなり私たちの上にビールをあびせかけたことがあった。

顔をひきつらせ中腰になったのは、パセリのかたであった。

紺の背広のほうは、頭から雫《しずく》をポタポタ垂らしながら、ずっと前から夕立の中を歩いているんだよ、という風に、顔色も変えず、平気な顔でホステスさんと世間ばなしに興じていた。すぐそのあとで、パセリのかたは、隣りの席に侍《はべ》っていた店のマダムに、やや気の利《き》いた皮肉を言っていたが、同じようにビールを浴びた私には、ボオッとして坐っている人の方が、大きく見えた。

自分にもそういう癖《へき》があるから余計そう思うのかも知れないが、隅っこが気になる人間は、知らず知らずに隅っこの方へ寄ってゆく。ちょっと見には無頓着に見えるようだが、小さいものを見ずに大きいものを見ている人は、気がつくと真中にいることが多いのではないか。

鮪《まぐろ》に生れた人は、ぼんやりしていても鮪なのだ。腐ってもステーキなのである。

刺身のツマや、パセリに生れついた人間は、凝れば凝るほどお皿の隅っこで、なくては物足りないが、それだけではおなかもふさがらずお金も取れない存在として、不平を言い言い、しおたれてゆくのだろう。

母に教えられた酒呑みの心

父が酒呑みだったので、子供の時分から、母があれこれと酒のさかなをつくるのを見て大きくなった。父は飲むのが好きな上に食いしん坊で、手の甲に塩があればいい、というほうではなかったので、母は随分と苦労をしていた。

酒呑みはどんなときにどんなものをよろこぶか、子供心に見ていたのだろう。父のきげんのいい時には、気に入りの酒のさかなを、ひと箸《はし》ずつ分けてくれたので、ごはんのおかずとはひと味違うそのおいしさを、舌で覚えてしまったということもある。

酒のさかなは少しずつ。

間違っても、山盛りに出してはいけないということも、このとき覚えた。

出来たら、海のもの、畑のもの、舌ざわり歯ざわりも色どりも異なったものがならぶと、盃《さかずき》がすすむのも見ていた。

あまり大御馳走《ごちそう》でなく、ささやかなもので、季節のもの、ちょっと気の利《き》いたものだと、酒呑みは嬉しくなるのも判った。血は争われないらしく、うちの姉妹は、どちらかといえば「いける口」である。ビールにしろ冷酒にしろ、酒のさかなはハムやチーズよりも、昔、子供の時分に父の食卓にならんでいたようなものが、しんみりとしたいいお酒になる。

昭和ひとけたの昔人間のせいか、女だてらに酒を飲む、という罪悪感がどこかにあるのか。どうも酒のさかなは安く、ささやかなほうが楽である。体のためにもいいような気がする。

チャンバラ

高いところから墜落して、一時的にだが記憶喪失にかかった人がいる。

「意識がもどって、はじめて箸《はし》を見たとき、これはなんなのか、何に使うのか判らなかったですねえ。判らないなりに、なんかひどく懐しいんだなあ。懐しくて涙が出そうなのに、ここまで出かかってるのに思い出せない。あの情けなさといったらなかったなあ」

ハシ、という名前と、何に使うか判ったときは、嬉《うれ》しくて男泣きに泣いてしまったという。

私は、字を書いてお金を頂くようになって二十年になるけれども、それでもペンを持っている時間より、箸を持っていた時間のほうが長いに違いない。

とにかく、二本の箸と日本人は切っても切れない間柄にある。当然、箸の使い方にかけては、中国人とならんで上手である。

ただし、ナイフとフォーク、これは当り前のことだが欧米人に一歩も二歩も譲る。

一体、どこが違うのだろう。

この間、二週間ほど、青い目の人たちと三度三度一緒に食事をしたのを幸い、この研究をしてみた。答は、欧米人はナイフとフォークをふわりと持って、実にやさしい。それに引きかえ日本人は、

「右手《めて》に血刀《ちがたな》、左手《ゆんで》に手綱《たづな》」

ではないが、固いのだ。欧米人を和事《わごと》とするなら、日本人は荒事《あらごと》である。

洋食の食卓に坐るときからして、目付きが違う。

「いざ出陣」

という面持ちである。

右手にナイフ。左手にフォーク。作法にのっとり粗相《そそう》のないよう、子々孫々まで恥辱を残さぬよう――つまり皿の上でチャンバラを演じているのである。

ナイフは剣で、フォークは刺股《さすまた》である。食事のたびごとに人殺しの道具と同じもので、獣肉を切ったり野菜を突ついたりするのは、気取ってるようでいて実は野蛮な行為である、という人もいる。

そこへゆくと、箸は洗練の極致で、刃もない二本の棒だけで、突くもむしるもはさむも割

るも、すすり込むも何でもやってのけられる。ナイフとフォークでスープはのめないだろう。もうひとつ、スプーンというものを使わなくては、スープの実もすくえないではないかとおっしゃる。

人が集るとまず教会を建て、それと同時に屠殺所《とさつじょ》をつくって、牛や豚を飼って食料とした民族と、まずお寺と鎮守《ちんじゅ》様を建てた農耕民族の日本人の違いが、ナイフとフォーク対箸にあらわれているということなのであろう。

そして、いま日本人は、リビング・キッチン、パンとご飯とならんで、お箸とナイフとフォーク、スプーンとを日々の暮しのなかで使いこなしているごく少ない民族なのではないだろうか。

「東山三十六峰
静かに眠る丑三《うしみ》つ時」
チャンリンヤ　スナポコリン
どうしてそういうのか知らない。どこで誰に聞いたのか判らないが、子供の頃、こんなことを口ずさみながら、古新聞を丸めたものを刀に見立ててチャンバラをした覚えがある。
「女の癖になんです。女の子は女の子らしく、お人形さんで遊びなさい」

親にみつかると叱られて、日本人形をあてがわれる。

この日本人形というのがよく見るとなかなかおっかない。おでこのところに、お河童《かっぱ》の前髪の毛を糊《のり》でひとならべにしたのが、ベッタリと貼りつけてあるのだが、糊がよくなかったのか、これがペカッと取れてしまう。祖母が、ご飯粒を練った「そっくい」でくっつけてくれるのだが、いったん取れると取れ癖がつくらしく、またとれてしまう。

人形は前髪がとれようが丸坊主になろうが同じ顔をして、黒目勝ちな目をあけているのがまた不気味である。

日本人形でも眠り人形は、もっと恐ろしかった。

おなかのところに、和紙でくるんだ笛が入っていて、押えると、

「アーン」「ママア」

甘えるとも恨むともつかない声で泣き、横にすると、キロンと音を立てて上まぶたが落ちてくる。何回も何回もやっていると、しまいにはこわれてしまい、片方つぶって、片方はあいているということになったりするから、余計薄気味が悪い。

いつかテレビを見ていたら、NHKの主婦向けの手芸の時間だったが、布でつくる抱き人形のつくり方というのをやっていた。

先生が人形の首をつくり、穴のあいた胴の中にギュウギュウはめ込んで、糸でとじつける

ところを教えていた。
このときのお相手は室町澄子《むろまちすみこ》アナウンサーだったが、怖いとも恐ろしいとも可哀《かわい》そうとも
つかぬ、何ともいえない顔をした。
人形という可愛らしいものをつくるときに避けられない残酷さを、言葉にするよりももっ
と細やかにみせて下さった。テレビは、ペラペラしゃべるより、こういう一瞬の表情に重み
と説得力がある。

大分前のことだが風間完《かざまかん》画伯の随筆を拝読していたら、こういうような箇所があった。
「道を歩くとき、剣術使いになったつもりですれ違う人を斬って捨てながら歩いてゆく。男
はみんな物騒《ぶっそう》だから斬る。女も此《こ》の頃はアブないのが多いから斬る。年寄りも感じの悪そう
なのは容赦《ようしゃ》なく斬る」
――うろ覚えだから、もしも違っていたらお詫《わ》びをしなくてはならないのだが、私はこれ
を読んでひどく楽しくなった。
見るからにバンカラな傘張り浪人風ならいざ知らず、ご自分の描かれる画と同じように洗
練されたおしゃれをなさる画伯である。すれ違った人は、まさか自分がイメージのなかで斬
られているとは夢にも思わないに違いない。

こういう楽しみが判ったら、その人の辞書に退屈の文字はなくなるであろう。私も、苦手な人と会議などで同席し、長広舌《ちょうこうぜつ》を聞かされたりする場合は、失礼して居合抜きの稽古台《けいこだい》にさせていただくことにしよう。

ところで、チャンバラにもどるが、剣はナイフやフォークと同じく、力を入れずやわらかく握るほうが腕としては上らしい。

宮本武蔵はペンダコ、ではない剣ダコが出来ず、佐々木小次郎はかなり大きなのが出来ていたような気がする。

鮮やかなシーン

父の詫び状

つい先だっての夜更けに伊勢海老《いせえび》一匹の到来物があった。

ひと仕事終えて風呂に入り、たまには人並みの時間に床《とこ》に入ろうかなと考えながら、思い切り悪く夕刊をひろげた時チャイムが鳴って、友人からの使いが、いま伊豆から車で参りましたと竹籠《たけかご》に入った伊勢海老を玄関の三和土《たたき》に置いたのである。

オドリにすれば三、四人前はありますというだけあって、みごとな伊勢海老であった。勿《もち》論《ろん》生きている。

暴れるから、火にかけたら釜の蓋《ふた》で力いっぱい押えて下さいと使いの人がいい置いて帰ったあと、私は伊勢海老を籠から出してやった。どっちみち長くない命なのだから、しばらく自由に遊ばせてやろうと思ったのだ。海老は立派なひげを細かく震わせながら、三和土の上を歩きにくそうに動いている。黒い目は何を見ているのか。私達が美味《おい》しいと賞味する脳味噌はいま何を考えているのだろう。
七、八年前の年の暮のことだが、関西育ちの友人が伊勢海老の高値に腹を立て、産地からまとめて買って分けてあげるといい出したことがあった。
押し詰《つま》って到着した伊勢海老の籠を玄関脇の廊下に置いたところ、間仕切りのない造りだったので、夜中に海老が応接間へ這《は》い出してしまったのである。海老達はどういうわけかピアノの脚によじ登ろうとしたらしく、次の日に私が訪ねた時、黒塗りのピアノの脚は見るも無惨な傷だらけになり、絨毯《じゅうたん》には、よだれというかなめくじが這《は》ったあとのようなしみがいっぱいについていた。結局高い買物についてしまったわねと大笑いをしたことを思い出して、三和土の隅のブーツを下駄箱に仕舞った。

奥の部屋では三匹の猫が騒いでいる。

ガサゴソという音を聞きつけたのか匂いなのか。猫に伊勢海老を見せてやりたいという気持がチラと動いたが、結局やめにした。習性とはいえ飼っている動物の残忍な行動を見るのは飼主として辛《つら》いものがある。

これ以上眺めていると情が移りそうなので籠に戻し、冷蔵庫の下の段に入れて寝室に入ったのだが、海老の動く音が聞えるような気がして、どうにも寝つかれないのである。

こういう晩は嫌な夢を見るに決っている。

これも七、八年前のことだが、猫が四角くなった夢を見たことがあった。

いま飼っているコラット種の雄猫《おすねこ》マミオがタイ国から来た直後、先住のシャム猫の雌《めす》と折り合いが悪く、馴《な》れるまでペット用の四角い箱の中に入れておいたことがある。

その頃見たテレビのシーンに「四角い蛙」のはなしがあった。大道香具師《やし》が前日から蛙を四角い箱に押し込んで置く。四角くなった蛙を面白おかしい口上と共に売りつけるのである。買った人がうちへ帰って開ける頃にはもとの蛙にもどっているのだが、あとは野となれ山となれ。おかしくてその時は笑ったのだが、気持のどこかに笑い切れないものが残っていたのだろう。

夢の中でマミオが灰色の四角い猫になっているのである。何ということをしてしまったのかと私は猫を抱きしめ声を立てて泣いてしまった。自分の泣き声でびっくりして目を覚ましたのだが、目尻が濡れていた。すぐに起きて猫の箱をのぞいたら猫は丸くなって眠っていた。

灯を消して天井を見ながら、なるべく海老以外のことを考えようとしたら、不意にマレーネ・ディートリッヒの顔が浮かんできた。

テレビで見た往年の名画「間諜《かんちょう》X27」のラストシーンである。娼婦の姿をしたディートリッヒが反逆罪で銃殺される。隊長が「撃て」と命令し、並んだ十数人の兵士の銃が一斉《いっせい》に発射されるのだが、あれはうまい仕掛けである。命令した人間は手を下したのは自分ではないと思い、撃った兵士も命令に従ってやっただけだと自分に言い訳が立つ。しかも、ああいう場合、誰の銃に実弾が入っているか、本人にも知らされないと聞いている。

そこへゆくと、一人暮しは不便である。

海老を食べようと決めるのも私だし、手を下すのも私である。冷蔵庫の中でまだ動いているに違いない大きい海老を考えると気が重く、眠ったのか眠らないのか判《わか》らないうちに朝になってしまった。

昼前、私はまだ生きている海老を抱えてタクシーにのり、年頃の大学生のいるにぎやかな友人の家を選んで海老を進呈した。

玄関には海老の匂いとよだれのようなしみが残った。香を焚《た》き、海老一匹料《りょう》れなくてどうする、だからドラマの中でも人を殺すことが出来ないのだぞと自分を叱りながら、四ツン這いになって三和土を洗っていた。

子供の頃、玄関先で父に叱られたことがある。

保険会社の地方支店長をしていた父は、宴会の帰りなのか、夜更《よふ》けにほろ酔い機嫌で客を連れて帰ることがあった。母は客のコートを預ったり座敷に案内して挨拶《あいさつ》をしたりで忙しいので、靴を揃《そろ》えるのは、小学生の頃から長女の私の役目であった。

それから台所へ走り、酒の燗《かん》をする湯をわかし、人数分の膳《ぜん》を出して箸《はし》置きと盃《さかずき》を整える。再び玄関にもどり、客の靴の泥を落とし、雨の日なら靴に新聞紙を丸めたのを詰めて湿気を取っておくのである。

あれはたしか雪の晩であった。

お膳の用意は母がするから、といわれて、私は玄関で履物の始末をしていた。七、八人の客の靴には雪がついていたし、玄関のガラス戸の向うは雪明りでボオッと白く見えた。すき間風のせいかこういう晩は新聞紙までひんやりと冷たい。靴の中に詰める古新聞に御真影がのっていて叱られたことがあるので、かじかんだ手をこすり合せ、気にしながらやっていると、父が鼻唄をうたいながら手洗いから出て座敷にゆくところである。

父は音痴で、「箱根の山は天下の険」がいつの間にかお経になっているという人である。うちの中で鼻唄をうたうなど、半年に一度あるかなしのことだ。こっちもついつられてたずねた。

「お父さん。お客さまは何人ですか」

いきなり「馬鹿」とどなられた。

「お前は何のために靴を揃えているんだ。片足のお客さまがいると思ってるのか」

靴を数えれば客の人数は判るではないか。当り前のことを聞くなというのである。

あ、なるほどと思った。

父は、しばらくの間うしろに立って、新聞紙を詰めては一足ずつ揃えて並べる私の手許《てもと》を眺めていたが、今晩みたいに大人数の時は仕方がないが、一人二人の時は、そんな揃え方じゃ駄目だ、というのである。

「女の履物はキチンとくっつけて揃えなさい。男の履物は少し離して」

父は自分で上りかまちに坐り込み、客の靴を爪先の方を開き気味にして、離して揃えた。

「男の靴はこうするもんだ」

「どうしてなの」

私は反射的に問い返して、父の顔を見た。

父は、当時三十歳をすこし過ぎたばかりだったと思う。重みをつけるためかひげを立てていたが、この時、何とも困った顔をした。少し黙っていたが、

「お前はもう寝ろ」

怒ったようにいうと客間へ入って行った。

客の人数を尋ねる前に靴を数えろという教訓は今も忘れずに覚えている。ただし、なぜ男の履物は少し離して揃えるのか、本当の意味が判ったのは、これから大分あとのことであっ

た。

父は身綺麗《みぎれい》で几帳面《きちょうめん》な人であったが、靴の脱ぎ方だけは別人のように荒っぽかった。くつぬぎの石の上に、おっぽり出すように脱ぎ散らした。

客の多いうちだからと、家族の靴の脱ぎ方揃え方には、ひどくうるさいくせに自分はなによ、と父の居ない時に文句をいったところ、母がそのわけを教えてくれた。

父は生れ育ちの不幸な人で、父親の顔を知らず、針仕事をして細々と生計を立てる母親の手ひとつで育てられた。物心ついた時からいつも親戚や知人の家の間借りであった。

履物は揃えて、なるべく隅に脱ぐように母親に言われ言われして大きくなったので、早く出世して一軒の家に住み、玄関の真中に威張《いば》って靴を脱ぎたいものだと思っていたと、結婚した直後母にいったというのである。

十年、いや二十年の恨みつらみが、靴の脱ぎ方にあらわれていたのだ。

そんな父が、一回だけ威勢悪くションボリと靴を脱いだことがある。戦争が激化してぽつぽつ東京空襲が始まろうかという、あれも冬の夜であった。

カーキ色の国民服にゲートルを巻き、戦闘帽の父が夜遅く珍しく酒に酔って帰ってきた。酒は配給制度で宴会なども無くなっていた頃だったから、闇の酒だったのかも知れない。

灯火管制で黒い布をかけた灯りの下で靴を脱いだ父は、片足しか靴をはいていないのである。近くの軍需工場の横を通ったところ、中で放し飼いになっている軍用犬が烈しく吠え立てた。犬嫌いの父が、

「うるさい。黙れ！」

とどなり、片足で蹴り上げる真似《まね》をしたら、靴が脱げて工場の塀《へい》の中へ落ちてしまったというのである。

「靴のひもを結んでいなかったんですか」

と母が聞いたら、

「間違えて他人の靴をはいてきたんだ」

割れるような大声でどなると、そっくりかえって奥へ入って寝てしまった。たしかにふた回りも大きい他人の靴であった。

翌朝、霜柱を踏みながら、私は現場に出かけて行った。犬に吠えられながら電柱によじ登って工場の中をのぞくと、犬小舎《ごや》のそばに靴らしいものが見える。折よく出てきた人にわけを話したところ、

「娘さんかい。あんたも大変だね」

といいながら、中からポーンとほうって返してくれた。犬の噛《か》みあとがあったが、もとも

とかなり傷《いた》んでいたから大丈夫だろうと思いながらうちへ帰った。それから二、三日、父は私と目があっても知らん顔をしているようであった。

「啼《な》くな小鳩よ」という歌が流行《はや》った頃だから昭和二十二、三年だろうか。

父が仙台支店に転勤になった。弟と私は東京の祖母の家から学校へ通い、夏冬の休みだけ仙台の両親の許《もと》へ帰っていた。東京は極度の食糧不足だったが、仙台は米どころでもあり、たまに帰省すると別天地のように豊かであった。東一番丁のマーケットには焼きがれいやホッキ貝のつけ焼の店が軒《のき》をならべていた。

当時一番のもてなしは酒であった。

保険の外交員は酒好きな人が多い。配給だけでは足りる筈《はず》もなく、母は教えられて見よう見真似でドブロクを作っていた。米を蒸し、ドブロクのもとを入れ、カメの中へねかせる。古いどてらや布団を着せて様子を見る。夏は蚊にくわれながら布団をはぐり、耳をくっつけて、

「プクプク……」

と音がすればしめたものだが、この音がしないと、ドブロク様はご臨終ということになる。物置から湯タンポを出して井戸端でゴシゴシと洗う。熱湯で消毒したのに湯を入れ、ひも

をつけてドブロクの中へブラ下げる。半日もたつと、プクプクと息を吹き返すのである。ところが、あまりに温め過ぎるとドブロクが沸いてしまって、酸《す》っぱくなる。こうなると客に出せないので、茄子《なす》やきゅうりをつける奈良漬の床にしたり、「子供のドブちゃん」と称して、乳酸飲料代りに子供たちにお下げ渡しになるのである。すっぱくてちょっとホロっとして、イケる口の私は大好物であった。弟や妹と結託して、湯タンポを余分にほうり込み、

「わざと失敗してるんじゃないのか」

と父にとがめられたこともあった。

客の人数が多いので酒の肴《さかな》を作るのも大仕事であった。年の暮など夜行で帰って、すぐ台所に立ち、指先の感覚がなくなるほどイカの皮をむき、細かく刻んで樽《たる》いっぱいの塩辛をつくったこともあった。新円切り換えの苦しい家計の中から、東京の学校へやってもらっている、という負い目があり、その頃の私は本当によく働いた。

働くことは苦にならなかったが、嫌だったのは酔っぱらいの世話であった。

仙台の冬は厳しい。代理店や外交員の人たちは、みぞれまじりの風の中を雪道を歩いて郡部から出て来て、父のねぎらいの言葉を受け、かけつけ三杯でドブロクをひっかける。酔わない方が不思議である。締切の夜など、家中が酒くさかった。

ある朝、起きたら、玄関がいやに寒い。母が玄関のガラス戸を開け放して、敷居に湯をか

けている。見ると、酔いつぶれてあけ方帰っていった客が粗相した吐瀉物《としゃぶつ》が、敷居のところいっぱいに凍りついている。

玄関から吹きこむ風は、固く凍《い》てついたおもての雪のせいか、こめかみが痛くなるほど冷たい。赤くふくれて、ひび割れた母の手を見ていたら、急に腹が立ってきた。

「あたしがするから」

汚い仕事だからお母さんがする、というのを突きとばすように押しのけ、敷居の細かいところにいっぱいにつまったものを爪楊子《つまようじ》で掘り出し始めた。

保険会社の支店長というのは、その家族というのは、こんなことまでしなくては暮してゆけないのか。黙って耐えている母にも、させている父にも腹が立った。

気がついたら、すぐうしろの上りかまちのところに父が立っていた。

手洗いに起きたのだろう、寝巻に新聞を持ち、素足で立って私が手を動かすのを見ている。「悪いな」とか「すまないね」とか、今度こそねぎらいの言葉があるだろう。私は期待したが、父は無言であった。黙って、素足のまま、私が終るまで吹きさらしの玄関に立っていた。

三、四日して、東京へ帰る日がきた。

帰る前の晩、一学期分の小遣いを母から貰《もら》う。

あの朝のこともあるので、少しは多くなっているかと数えてみたが、きまりしか入っていなかった。

いつも通り父は仙台駅まで私と弟を送ってきたが、汽車が出る時、ブスッとした顔で、

「じゃあ」

といっただけで、格別のお言葉はなかった。

ところが、東京へ帰ったら、祖母が「お父さんから手紙が来てるよ」というのである。巻紙に筆で、いつもより改まった文面で、しっかり勉強するようにと書いてあった。終りの方にこれだけは今でも覚えているのだが、「此《こ》の度《たび》は格別の御働き」という一行があり、そこだけ朱筆で傍線が引かれてあった。

それが父の詫《わ》び状であった。

ごはん

歩行者天国というのが苦手である。

天下晴れて車道を歩けるというのに歩道を歩くのは依怙地《えこじ》な気がするし、かといって車道を歩くと、どうにも落着きがよくない。

滅多《めった》に歩けないのだから、歩ける時に歩かなくては損だというさもしい気持がどこかにある。頭では正しいことをしているんだと思っても、足の方に、長年飼い慣らされた習性からしろめたいものがあって、心底《しんそこ》楽しめないのだ。

この気持は無礼講《ぶれいこう》に似ている。

十年ほど出版社勤めをしたことがあるが、年に一度、忘年会の二次会などで、無礼講というのがあった。その晩だけは社長もヒラもなし。いいたいことをいい合う。一切根にもたないということで、羽目を外して騒いだものだった。

酔っぱらって上役にカラむ。こういう時オツに澄ましていると、融通が利《き》かないと思われそうなので、酔っぱらったふりをして騒ぐ。

わざと乱暴な口を利いてみる。

だが、気持の底に冷えたものがある。

これはお情けなのだ。

一夜明ければ元の木阿弥《もくあみ》。調子づくとシッペ返しがありそうな、そんな気もチラチラしながら、どこかで加減しいしい羽目を外している。

あの開放感と居心地の悪さ、うしろめたさは、もうひとつ覚えがある。

それは、畳の上を土足で歩いた時だった。

今から三十二年前の東京大空襲の夜である。


当時、私は女学校の三年生だった。

軍需工場に動員され、旋盤工《せんばんこう》として風船爆弾の部品を作っていたのだが、栄養が悪かったせいか脚気《かっけ》にかかり、終戦の年はうちにいた。

空襲も昼間の場合は艦載機《かんさいき》が一機か二機で、偵察だけと判っていたから、のんびりしたものだった。空襲警報のサイレンが鳴ると、飼猫のクロが仔猫をくわえてどこかへ姿を消す。それを見てから、ゆっくりと本を抱えて庭に掘った防空壕へもぐるのである。

本は古本屋で買った「スタア」と婦人雑誌の附録の料理の本であった。クラーク・ゲーブルやクローデット・コルベールの白亜の邸宅の写真に溜息をついた。

私はいっぱしの軍国少女で、「鬼畜米英」と叫んでいたのに、聖林《ハリウッド》だけは敵性国家ではないような気がしていた。シモーヌ・シモンという猫みたいな女優が黒い光る服を着て、爪先をプッツリ切った不思議な形の靴をはいた写真は、組んだ脚の形まで覚えている。

料理の本は、口絵を見ながら、今日はこれとこれにしようと食べたつもりになったり、材料のあてもないのに、作り方を繰返し読みふけった。頭の中で、さまざまな料理を作り、食べていたのだ。

「コキール」「フーカデン」などの食べたことのない料理の名前と作り方を覚えたのも、防空壕の中である。

「シュー・クレーム」の頂きかた、というのがあって、思わず唾《つば》をのんだら、

「淑女は人前でシュー・クレームなど召し上ってはなりません」

とあって、がっかりしたこともあった。

三月十日。

その日、私は昼間、蒲田に住んでいた級友に誘われて潮干狩に行っている。寝入りばなを警報で起された時、私は暗闇の中で、昼間採ってきた蛤《はまぐり》や浅蜊《あさり》を持って逃げ出そうとして、父にしたたか突きとばされた。

「馬鹿！ そんなもの捨ててしまえ」

台所いっぱいに、蛤と浅蜊が散らばった。

それが、その夜の修羅場《しゅらば》の皮切りで、おもてへ出たら、もう下町の空が真赤になっていた。我家は目黒の祐天寺のそばだったが、すぐ目と鼻のそば屋が焼夷弾《しょういだん》の直撃で、一瞬にして燃え上った。

父は隣組の役員をしていたので逃げるわけにはいかなかったのだろう、母と私には残って家を守れといい、中学一年の弟と八歳の妹には、競馬場あとの空地に逃げるよう指示した。駆け出そうとする弟と妹を呼びとめた父は、白麻の夏布団《なつぶとん》を防火用水に浸し、たっぷりと水を吸わせたものを二人の頭にのせ、叱りつけるようにして追い立てた。この夏掛けは水色で縁を取り秋草を描いた品のいいもので、私は気に入っていたので、「あ、惜しい」と思ったが、さっきの蛤や浅蜊のことがあるので口には出さなかった。

だが、そのうちに夏布団や浅蜊どころではなくなった。「スタア」や料理の本なんぞといってはいられなくなってきた。火が迫ってきたのである。

「空襲」

この日本語は一体誰がつけたのか知らないが、まさに空から襲うのだ。真赤な空に黒いB29。その頃はまだ怪獣ということばはなかったが、繰り返し執拗《しつよう》に襲う飛行機は、巨大な鳥に見えた。

家の前の通りを、リヤカーを引き荷物を背負い、家族の手を引いた人達が避難して行ったが、次々に上る火の手に、荷を捨ててゆく人もあった。通り過ぎたあとに大八車が一台残っていた。その上におばあさんが一人、チョコンと坐って置き去りにされていた。父が近寄った時、その人は黙って涙を流していた。

炎の中からは、犬の吠え声が聞えた。

飼犬は供出するようにいわれていたが、こっそり飼っている家もあった。連れて逃げるわけにはゆかず、繋《つな》いだままだったのだろう。犬とは思えない凄《すさ》まじいケダモノの声は間もなく聞えなくなった。

火の勢いにつれてゴオッと凄まじい風が起り、葉書大の火の粉が飛んでくる。空気は熱く乾いて、息をすると、のどや鼻がヒリヒリした。今でいえばサウナに入ったようなものである。

乾き切った生垣《いけがき》を、火のついたネズミが駆け廻るように、火が走る。水を浸した火叩きで叩き廻りながら、うちの中も見廻らなくてはならない。

「かまわないから土足で上れ！」

父が叫んだ。

私は生れて初めて靴をはいたまま畳の上を歩いた。

「このまま死ぬのかも知れないな」

と思いながら、泥足で畳を汚すことを面白がっている気持も少しあったような気がする。

こういう時、女は男より思い切りがいいのだろうか。父が、自分でいっておきながら爪先立ちのような半端な感じで歩いているのに引きかえ、母は、あれはどういうつもりだったのか、一番気に入っていた松葉の模様の大島の上にモンペをはき、いつもの運動靴ではなく父のコードバンの靴をはいて、縦横に走り廻り、盛大に畳を汚していた。母も私と同じ気持だったのかも知れない。

三方を火に囲まれ、もはやこれまでという時に、どうしたわけか急に風向きが変り、夜が明けたら、我が隣組だけが嘘のように焼け残っていた。私は顔中煤《すす》だらけで、まつ毛が焼けて無くなっていた。

大八車の主が戻ってきた。父が母親を捨てた息子の胸倉を取り小突き廻している。そこへ弟と妹が帰ってきた。

両方とも危い命を拾ったのだから、感激の親子対面劇があったわけだが、不思議に記憶がない。覚えているのは、弟と妹が救急袋の乾パンを全部食べてしまったことである。うちの方面は全滅したと聞き、お父さんに叱られる心配はないと思って食べたのだという。

孤児になったという実感はなく、おなかいっぱい乾パンが食べられて嬉《うれ》しかった、とあとで妹は話していた。

さて、このあとが大変で、絨毯《じゅうたん》爆撃がいわれていたこともあり、父は、この分でゆくと次は必ずやられる。最後にうまいものを食べて死のうじゃないかといい出した。

母は取っておきの白米を釜いっぱい炊き上げた。私は埋めてあったさつまいもを掘り出し、これも取っておきのうどん粉と胡麻《ごま》油で、精進揚《しょうじんあげ》をこしらえた。格別の闇ルートのない庶民には、これでも魂の飛ぶようなご馳走《ちそう》だった。

昨夜の名残りで、ドロドロに汚れた畳の上にうすべりを敷き、泥人形のようなおやこ五人が車座になって食べた。あたりには、昨夜の余燼《よじん》がくすぶっていた。

わが家の隣りは外科の医院で、かつぎ込まれた負傷者も多く、息を引き取った遺体もあった筈《はず》だ。被災した隣り近所のことを思えば、昼日中から、天ぷらの匂いなどさせて不謹慎《ふきんしん》のきわみだが、父は、そうしなくてはいられなかったのだと思う。

母はひどく笑い上戸《じょうご》になっていたし、日頃は怒りっぽい父が妙にやさしかった。

「もっと食べろ。まだ食べられるだろ」

おなかいっぱい食べてから、おやこ五人が河岸《かし》のマグロのようにならんで昼寝をした。畳の目には泥がしみ込み、藺草《いぐさ》が切れてささくれ立っていた。そっと起き出して雑巾《ぞうきん》で拭こうとする母を、父は低い声で叱った。

「掃除なんかよせ。お前も寝ろ」

父は泣いているように見えた。

自分の家を土足で汚し、年端《としは》もゆかぬ子供たちを飢えたまま死なすのが、家長として父として無念だったに違いない。それも一個人ではどう頑張っても頑張りようもないことが口惜《くや》しかったに違いない。

学童疎開で甲府にいる上の妹のことも考えたことだろう。一人だけでも助かってよかったと思ったか、死なばもろとも、なぜ、出したのかと悔んだのか。

部屋の隅に、前の日に私がとってきた蛤や浅蜊が、割れて、干からびて転がっていた。

戦争。

家族。

ふたつの言葉を結びつけると、私にはこの日の、みじめで滑稽《こっけい》な最後の昼餐《ちゅうさん》が、さつまいもの天ぷらが浮かんでくるのである。

はなしがあとさきになるが、私は小学校三年生の時に病気をした。肺門淋巴腺炎《リンパせんえん》という小児結核のごく初期である。

病名が決った日からは、父は煙草《たばこ》を断《た》った。

長期入院。山と海への転地。

「華族様の娘ではあるまいし」

親戚からかげ口を利《き》かれる程だった。

家を買うための貯金を私の医療費に使ってしまったという徹底ぶりだった。

父の禁煙は、私が二百八十日ぶりに登校するまでつづいた。

広尾の日赤病院に通院していた頃、母はよく私を連れて鰻屋《うなぎ》へ行った。病院のそばの小さな店で、どういうわけか客はいつも私達だけだった。

隅のテーブルに向い合って坐ると、母は鰻丼を一人前注文する。肝焼《きもやき》がつくこともあった。

鰻は母も大好物だが、

「お母さんはおなかの具合がよくないから」

「油ものは欲しくないから」

口実はその日によっていろいろだったが、つまりは、それだけのゆとりがなかったのだろう。

保険会社の安サラリーマンのくせに外面《そとづら》のいい父。親戚には気前のいいしゅうとめ。そして四人の育ち盛りの子供たちである。この鰻丼だって、縫物のよそ仕事をして貯《た》めた母のへそくりに決っている。私は病院を出て母の足が鰻屋に向うと、気が重くなった。

鰻は私も大好物である。だが、小学校三年で、多少ませたところもあったから、小説などで肺病というものがどんな病気かおぼろげに見当はついていた。

今は治っても、年頃になったら発病して、やせ細り血を吐いて死ぬのだ、という思いがあった。

少し美人になったような気もした。鰻はおいしいが肺病は甘くもの悲しい。

おばあちゃんや弟妹達に内緒で一人だけ食べるというのも、嬉《うれ》しいのだがうしろめたい。どんなに好きなものでも、気持が晴れなければおいしくないことを教えられたのは、この鰻屋だったような気もするし、反対に、多少気持はふさいでも、おいしいものはやっぱりおいしいと思ったような気もする。どちらにしても、食べものの味と人生の味とふたつの味わいがあるということを初めて知ったということだろうか。

今でも、昔風のそば屋などに入って鏡があると、ふっとあの日のことを考えることがある。

暗い臙脂《えんじ》のビロードのショールで衿元《えりもと》をかき合せるようにしながら、私の食べるのを見るともなく見ていた母の姿が見えてくる。その前に、セーラー服の上に濃いねずみ色と赤の編み込み模様の厚地のバルキー・セーターを重ね着した、やせて目玉の大きい女の子が坐っていて、それが私である。母はやっと三十だった。髪もたっぷりとあり、下ぶくれの顔は、今の末の妹そっくりである。赤黄色いタングステンの電球は白っぽい蛍光灯に変り、鏡の中にかつての日の母と私に似たおやこを見つけようと思っても、たまさか入ってくるおやこ連れは、みな明るくアッケラカンとしているのである。

母の鰻丼のおかげか、父の煙草断ちのご利益《りやく》か、胸の病の方は再発せず今日に至っている。空襲の方も、ヤケッパチの最後の昼餐の次の日から、B29は東京よりも中小都市を狙いはじめ、危いところで命拾いをした形になった。

それにしても、人一倍食いしん坊で、まあ人並みにおいしいものも頂いているつもりだが、さて心に残る〝ごはん〟をと指を折ってみると、第一に、東京大空襲の翌日の最後の昼餐。第二が、気がねしいしい食べた鰻丼なのだから、我ながら何たる貧乏性かとおかしくなる。

おいしいなあ、幸せだなあ、と思って食べたごはんも何回かあったような気もするが、その時は心にしみても、ふわっと溶けてしまって不思議にあとに残らない。

釣針の「カエリ」のように、楽しいだけではなく、甘い中に苦みがあり、しょっぱい涙の味がして、もうひとつ生き死ににかかわりのあったこのふたつの「ごはん」が、どうしても思い出にひっかかってくるのである。

孔雀

女がひとりで小料理屋に入り、カウンターに坐ってお銚子《ちょうし》を頼むのは、ひとりで外国旅行に出掛けるぐらいの度胸がいる。

そう言ったら、男がひとりでお汁粉屋に入り、満員の女客の中の黒一点としてあんみつを注文する時の度胸と同じだよと反論されてしまった。

はじめてじゃないのよ、こういうとこは馴《な》れてるんだという風《ふう》にゆとりをみせて振舞いながら、実はきまり悪く、居心地の悪い思いをしているところは似ているのかも知れない。

私がその小料理屋のカウンターに坐った時がまさにそうであった。

週刊誌のうまいもの欄で「おふくろの味」という紹介が出ていたし、住んでいたアパートと目と鼻の場所なので、安心してひょいとのれんをくぐったら、白粉《おしろい》をつけた和服のお姐《ねえ》さんふたりに「いらっしゃーい」と、いやに尻尾をのばした声で迎えられてしまった。肥ったのとやせたのと、ふたりのお姐さんの頭の上には大きなお酉様《とり》の熊手がある。場違いな店に飛び込んだことに気がついたが、今更引っこみもならず、カウンターの隅っこに坐ってビールと二、三品を注文した。

鉤《かぎ》の手になったカウンターの向うには二、三人の客が飲んでいたが、私は見ないようにしてビールを飲み、魚をむしっていた。

飯食いドラマと馬鹿にされているが、あれだって書くのは骨が折れる。一時間ものとなると、テレビ用の三百字の原稿用紙で七十枚はある。ぶっ通しで、十六時間かかって書き上げて体重を計ったら、間にちゃんと食べていたにもかかわらず一キロ減っていたことがある。

炭坑夫が八時間働くのと、オペラ歌手がワン・ステージ歌うのと、ピアニストがリサイタルをするのは、みな同じエネルギーだと聞いたことがあるが、テレビのドラマを書くのもそのくらい草臥《くたび》れる。

女ひとり、誰の助けも借りずやっているんだから、たまにはこのくらいのことをしたって、罰は当らないんだ。

心の中で言いわけと強がりを呟《つぶや》きながらテレビを見い見いビールを半分ほどあけたところへ、お姐さんが新しいビールの栓をポンと抜き、私の前にドシンと置いた。

「お頼みしませんが」

みなまで言わせず、ゲソの焼いたのが一皿、またドシンと出てきた。

「あちらさんからですよ」

鉤の手のカウンターの、向うの隅で飲んでいる一人の男を指した。

年の頃は五十五、六。色浅黒く立派な目鼻立ちである。湯上りらしく、糊《のり》の利《き》いた浴衣《ゆかた》姿で、私に笑いかけているが、全然見覚えがない。

「判りませんか。お宅へ三回ほど伺《うかが》ったことがあるんですがねえ」

考えるとき首をひねるというが、あれは本当である。すぐ前の、しみの浮き出た鏡に、私の首をひねる姿がうつっていた。

降参した私の隣りに、その人は片手で自分のお銚子の首をブラ下げ、片手で盃《さかずき》を持って引っ越してきた。坐るなりこう言った。

「クズ屋ですよ」


そう言えば、――と私も思い当った。

ポケットから使い古した麻紐《あさひも》を出し、古雑誌を几帳面《きちょうめん》に束ねて丁寧《ていねい》に礼を言って帰っていったクズ屋さんがいた。

奥さんには一度、お礼を言いたいと思っていた、と彼は私に新しいビールをつぎながら言った。

私は奥さんではないが、異を唱えると話が面倒になるので黙って続きを聞くことにした。

「奥さんは言葉が綺麗《きれい》だ」

自分のことをこう書くのは気がさすが、彼の説明によると、何百軒もの家を廻るが、私の応対が一番丁寧だったというのである。

こんなところで逢えるとは思わなかった。ご主人は出張ですか、と言いながら、どうしても自分のおごり、おごり、おごりを受けて貰《もら》いたい、とゲソ焼の皿を私の方に押してきた。

「ぬた二丁。いつもの」

お姐さんに目くばせした。当惑している私に、

「クズ屋のおごりは嫌ですか」

店中の人が、私達を見ていた。私は有難くご馳走《ちそう》になることにした。

彼は、クズ屋という商売がいかに収入《みいり》がいいか熱っぽく話してくれた。ラッシュもなきゃ上役にゴマすることもいらない。ヒモ一本とリヤカーで、借地だけどうちも建てたし、子供二人を大きくした。毎晩、風呂の帰りに、ここで酒を飲むことも出来る。

「雨が降ると来ないけどね」

肥ったお姐さんがまぜっかえした。

「娘がぼつぼつ年頃なんで、おもてを歩いてても鏡台なんかが気になってね」

「娘にゃ新品、持たせなさいよ」

肥ったお姐さんは、少し酒癖が悪いようであった。彼はひるまず話をつづけた。今年は間に合わなかったが、来年は女房をハワイへゆかせてやる。絶対にゆかせてみせる。それは私に言うよりふたりのお姐さんに、常連らしいほかの客に言っているようであった。


結局私は、ビール一本とゲソ焼、ぬたをご馳走になった。ぬたもいいかであった。私も自前で、いいか刺を頼んだから、その夜はいいかづくしであった。「いいかになりゆく我が身の上」である。丁寧に礼を言って、一足先におもてへ出た。

人気《ひとけ》のない道をゆっくり歩いていたら、アパートとマンションの間から、テレビの書き割りのような、嘘みたいに大きい南瓜《かぼちゃ》色の月が出ていた。

言葉が綺麗だとほめられたが、私の中には苦いものがあった。心底《しんそこ》丁寧な気持で応対したのではない。下に見る気持があるから、それを悟られまいとして、その分だけ余計丁寧な口を利く東京者特有のいや味なものであったのに——

それにしても、その夜のクズ屋の彼は孔雀《くじゃく》であった。自分の一番いいところ、こうありたいと思うものをせいいっぱい羽をひろげて、見せていた。

旅先の汽車の中で向い合った人が、こういう姿を見せることがある。「いい息子、いい嫁、いい孫に囲まれて自分はいかに仕合せか」語ってやまないのである。そこまでゆかずとも、私もゆきずりの他人に小さく羽をひろげてみせたことがある。

このあと、私は少し不便な思いをした。

古雑誌がたまり、クズ屋を呼びたいのだが、あの晩の孔雀のおじさんだと、ちょっとバツが悪い。かといって、別の人を頼んでいる最中、孔雀のおじさんが通りかかったら、それも具合が悪い。おもてでクズ屋の呼び声がするたびに、悪いことでもしたように私はドアを出たり入ったり落着かない思いをした。無理をして、いまのマンションを買った理由のひとつに、この孔雀のおじさんのことが入っていたかも知れない。

糸の目

それは見るからにおいしそうだった。

生きて、まだ動いている鮑《あわび》を薄くソギ切りにして、手早くバターでいため塩胡椒《こしょう》しただけだが、材料と料理人の腕が揃《そろ》って極上なせいだろう。見ているだけでよだれの出そうな一品であった。

京都でも一、二を争う腰かけ割烹《かっぽう》のカウンターでの出来ごとである。

おいしそうな鮑は私の注文したものではない。私と友人は、みつくろいのコースを食べ終ったところであった。

鮑は私の隣りに坐った二人連れの女客の前に置かれた。

女客の一人は、粋《いき》な初老の美女で、物腰、着つけ、この家の主人との応対から、その店の目と鼻の先にある祇園《ぎおん》の、置屋《おきや》のおかみと思われた。連れは、十五、六の女の子である。浴衣《ゆかた》姿であったが、どうやらこの子は舞妓《まいこ》か、近々舞妓になる卵といったところらしい。
「おかあさん」は、二人一緒盛りに出された鮑の皿を、わたしはいいから、あんたお上り、という風に女の子の前に置いてやった。それから、若い娘のよろこびそうなおいしいものをみつくろって、つくってやって欲しいと言った。

言いながら、ちらりと私たちを見て、軽く会釈《えしゃく》して、お愛想笑いをした。

若いもんに贅沢《ぜいたく》させて、とお考えでしょうが、これも修業のうちどっせ、といっている風に見えた。

預りものの女の子に、一流のところでこういう高価なものを惜しげもなく食べさせている自分の気前のよさを、ちょっぴり自慢している風《ふう》にも受取れた。なるほど、こういう風にして、人は仕込むのかと思った。こういうことの積み重ねで、どんな人の席に出ても物おじしない舞妓はんになっていくのであろう。

もうひとつ感心したのは、その女の子の食べっぷりであった。

うすい狐色に焦げ目のついた、くるりと巻き上った鮑の一切れ一切れを、何の感情もない顔で、ポイと口に入れモグモグモグモグと嚙《か》むとゴクリとのどに送り込む。

また口にほうり込む。モグモグモグ、ゴクリ。

おいしいのかまずいのか。

嫌いなのか好きなのか。

全く無表情無感動なのだ。

ガムを嚙むように鮑を嚙み、ごはんをのみ込むようにのみ込んでゆく。

目鼻立ちのととのった、肉の薄い顔であった。この顔に白く白粉《おしろい》を塗り、おちょぼ口に紅を塗ってだらりの帯をしめると、絵に描いたような舞妓さんが出来るのだろう。

私は感心して、席が鉤《かぎ》の手になっているのを幸い、次々と鮑をのみ込んでゆく小さな口許《くちもと》と、何の感情もうかがえない目許《めもと》だけを眺めていた。

こういう目はどこかで見たことがあるなと思ったら、京人形の目であった。

「女の目には鈴を張れ
男の目には糸を引け」

という諺《ことわざ》があるという。

舞妓さんのはなしは別として、女は、喜怒哀楽を目に出したところで大勢《たいせい》に影響はない。

だが、男はそうではいけないのだという。

何を考えているのか、全くわからないポーカーフェイスが成功のコツだという。

そういえば、現職の刑事さんが、テレビの刑事ものを見て、こう言っているのを聞いたことがあった。

「みんな、目に出し過ぎるよ、何かあると、すぐ、顔に出す。本物はあんなこと、しないよ。あたしら、あ、こりゃイケるぞ、ピンとくる電話聞いたって、どこでブン屋が見てるかも知れないと思やあ、顔にも目にも出さないね。

何でもないあったり前の顔して、電話切ってさ、廊下へ出て人のみてないとこ来てから、ほっとして駆け出すのよ」

その人のいうには、スリ係の刑事のドラマをみたが、あれも嘘だと言う。

スリつかまえたかったら、もちっと目の細いハッキリしない顔の刑事を使わなきゃというのだ。

目の大きい人はどうしても表情が目に出る。顔も印象が強いからすぐ覚えられスリも用心する。

目の細いハッキリしない顔の、スリ係の刑事として一番ピッタリなのは誰でしょうかと伺ったら、その方は、迷うことなく、

「稲尾だね」

といった。野球の稲尾投手である。

そういっては失礼だがあの糸みみずのような細いお目が、刑事のお眼がねにかなっていたのである。

私は、ほかに大した取柄《とりえ》はないが物をおいしそうに食べることだけは悪くないと賞めて下さるかたもおいでになる。

おいしいおいしいと、盛大に食べるので、食慾のないときでも、あんたと一緒だと、食が進んでよろしいといわれ、食事のお招きに与《あずか》ったりすることもある。

別に人さまのお気に入られようとして、喜ぶわけでもないが、もともと食いしん坊なのと、目玉が大きいので、おいしいとよろこぶ気持が目に出易《でやす》いためであろう。

ところがこの間、失敗をした。

ある席で、フグの唐揚が出た。

おいしいフグを食べさせるので有名な店だと聞いていた。それもフグ刺しや鍋だけでなく、三枚におろした骨のところを、塩焼にしたり、身を唐揚にしてポン酢で食べさせるのが絶品と聞いていた。

大皿に盛られた唐揚はさすがにみごとなものであった。

私は、一番に箸《はし》をつけ、おいしいおいしいを連発した。

「フグの唐揚ははじめてですけど、おいしいものですねえ」

私にはもうひとつ特技があって、盛大におしゃべりをしながら、誰よりも早く物が食べられるのである。

この晩もこの特技を最大に発揮して、賞めちぎり食べまくったところへ、この店のお内儀《かみ》が顔を出した。

「申しわけございませんでした」

と手をついた。

「いいフグが入らなかったものですから、今日の唐揚は別のお魚使わしてもらいました」

糸を引いたほうがいいのは男の目だけではない。

こういうとき、はっきりしない、表情を浅はかに表に出すことをしない目であったら、どんなに助かったことだろう。

今度生れるときは糸の目に生れたい。そう思いながら、今更引っこみもならず、おいしいおいしいと、唐揚に箸をのばしていた。

眠る盃

人の名前や言葉を、間違って覚えてしまうことがある。

私は、画家のモジリアニを、どういうわけかモリジアニと覚えてしまった。誤りに気がつき、愛称モジだからモジリアニであるぞと判っているのだが、あの細長い女の顔を見ると、間違って発音するのではないかとおびえてしまう。人前ではなるべく、この画家の名前は言わないことにしている。

東京の地名に「札ノ辻」というところがあるが、妹は「辻の札」と思い込んでいて、

「さあ、どっちだ」

とせき立てて聞くと、白目を出して慎重に考えたあげく、「辻の札に決まってるじゃないの」と間違えている。

この妹は幼い時、「泣くな子鳩よ」という歌を「泣くなトマトよ」と歌っていた。トマトが泣くわけがないじゃないか、といじめて泣かせてしまった記憶がある。

私も大きなことは言えない。

小学生のころ、「ローローロヤボー」という不思議な歌を覚えた。祖母に「ロー」というのはどういう意味かしらとたずねたら、「老人のローだろう」と教えてくれた。ボーは坊やだという。大きくなってから、これは英語であり、

Row, row, row your boat

というボートを漕ぐ歌だと判ったが、そのせいだろう、今でも、たまにこのメロディを聞くと、老人と少年が向かい合ってボートに乗っている絵が浮かんでくる。

「荒城の月」は、言うまでもなく土井晩翠《どいばんすい》作詞・滝廉太郎《たきれんたろう》作曲の名曲だが、私はなるべく人前では歌わないようにしている。必ず一ヵ所間違えるところがあるからである。

「春高楼《こうろう》の　花の宴《えん》」

ここまではいいのだが、あとがいけない。

「眠る盃《さかずき》　かげさして」

と歌ってしまう。

正しくは「めぐる盃　かげさして」なのだが、私にはどうしても「眠る盃」なのである。

子供のころ、わが家は客の多いうちであった。保険会社の地方支店長をしていた父が、宴会の帰りなど、なにかといっては客を連れて帰った。

これから客を連れて帰る、と父から電話があると、私は祖母の手伝いで、よく香炉《こうろ》に香をたく役目をした。薩摩焼のいい形をした香炉であった。香が縁側から私の部屋まで匂った。正直言うと、気持の中では、私の「荒城の月」の一小節目は、「春香炉の　花の宴」なのである。

やがて、すでに相当に酒気の入った客が到着する。上きげんの父の声。お燗《かん》を持った母の白足袋《たび》が廊下をせわしなく行ったり来たりする。

やっとお客様が帰って、祖母は客火鉢の火の始末をはじめる。私は客間にゆき、客の食べ残した寿司や小鉢物をつまみ食いする。みつかると叱られるのだが、どういうわけか、いつも酢だこばかり残っていた。

主人役の父は酔いつぶれて座ぶとんを枕に眠っている。母が毛布をかける。毛布の色はくだ色である。そういう時、父の膳《ぜん》の、見覚えのある黒くて太い塗り箸のそばに、いつも酒の残っている盃があった。

酒は水と違う。ゆったりと重くけだるく揺れることを、この時覚えた。私には酒も盃も眠っているように見えたのであろう。

天上影は　替らねど
栄枯《えいこ》は移る　世の姿
写さんとてか　今もなお
嗚呼《ああ》荒城の　よわ（夜半）の月

四番を歌う時、私はいつも胸がジーンとしてくる。ここでも私は心の中で「弱の月」と歌っているのである。

到来物・土地の味

メロン

さる名家が客を招いた。

結構な晩餐《ばんさん》の最後は、メロンである。一同、礼儀正しく頂いているところへ、この家の幼い令息令嬢が挨拶に出て来た。一門から宰相《さいしょう》や名指揮者を出している名門の子弟らしく、お行儀は満点である。

やがて、宴《うたげ》は終り、客はおいとましたのだが、なかのひとりが、食卓に忘れものをしたことに気づき、玄関から食卓に取ってかえした。

その客が見たものは、

「メロンだ、メロンだ」

と叫びながら、客が礼儀正しく鷹揚《おうよう》に食べ残したメロンを、片端から食べている、生き生きとした二人の子供の姿であった。

聞いたはなしだが、私はこの情景を思い出すと、嬉《うれ》しくてたまらなくなる。

十年も前のことだが、五人ほどの友人と、京都で年越しをしたことがあった。

大晦日《おおみそか》に京都で落合い、八坂神社におけら詣り、晦庵《みそかあん》あたりで年越しそばを食べながら除夜の鐘を聞く。年が改まったら、祇園《ぎおん》で舞妓さんをよんであげようという奇特な友人もまじっていて、京都の寒さも忘れるほどの楽しさであった。

夜の町に繰り出す前に、ホテルで軽くおなかを拵《こしら》えたのだが、私は急にメロンが食べたくなった。隣りのテーブルの新婚らしいのが、ほどよく熟れたのに、スプーンを入れているのが目にとまったのである。

ところが、リーダー格の女友達が、おっかない顔をしてとめるのである。ただでさえ高価なメロンを、ホテルの食堂で注文したら一切れいくらになると思うか、というのである。一夜明けたら、祇園へ上ろう、たまには豪気にパーッといこうといっているのに、メロン一切れに目を三角にするとは情ないと思ったが、もっともな言い分なので、ボーイさんを呼ぼうとあげかけた手をおろした。その顔が、よほど食べたそうにみえたのであろう。友人は、そんなに食べたいのなら果物屋で一個買いなさいという。みんなで「乗って」あげる。割カンで買い、ホテルの窓の外に出しておき、冷えたところで食べれば、ホテルの半値以下で食べられるというのである。一同、賛成をしてくれたので、おけら詣りの行きがけに、あいている果物屋で、一番大きい高いメロンを買った。私が一番年下だし、言い出したこともあり、メロンの持ち役は私である。

人波にもまれながら、おけら火のついた細い火縄を、消さないように歩くだけでも骨なのに、抱えた人の首ほどのメロンがごろんごろんして、大した道のりでもないのに、ひどく難儀な思いをした。メロンは、ホテルの窓の外に苦心してつるし、折からチラホラ舞い始めた白いものを見上げながら、天然の冷蔵庫になってきた、と喜び合ったが、さて気がつくと、メロンを食べたくとも、ナイフも皿もスプーンもないのである。仕方がないので、格別、取りたくもないルーム・サービスでサンドイッチやオレンジをとり、皿やナイフ、フォークのたぐいを、暫時《ざんじ》、預《あずか》らせていただいた。

元旦は祇園で遊び、生れてはじめての大尽《だいじん》気分でホテルに帰り、さて、窓の外のメロンも程よく冷えている。私は、三つの部屋のドアを叩いて廻り、

「メロンですよ」

と触れ廻った。

五人が揃《そろ》ったところでナイフを入れたのだが、一同の期待をこめた深呼吸にもかかわらず、あの特有の香気がしないのである。結果は無残であった。黄色い大根といった味だった。こ

れでもメロンかといいたい代物《しろもの》だった。私たちは絨毯《じゅうたん》の上に車座になり、寄せあつめのコーヒーの受皿やサンドイッチの皿で、スカスカのメロンを食べた。みんなひとことも口を利《き》かなかった。

うちの近所の八百屋にも、メロンがならんでいる。一個三千五百円か、高いなあと思って、手に取ったら、お尻のあたりがかなり熟れていたらしく、親指がめり込んでしまった。

買うべきか買わざるべきか、モタモタしていたら、目ざとく見つけたらしい若主人が寄って来た。いたずらっぽく笑いながら、

「キズものだから、千円でいいよ」

と言う。

ちょうど客があったので、四切れに切りわけて出したところ、これがアタリで、何ともおいしかった。柳の下にメロンは二個おっこっていないかと思ったわけでもないが、次に出かけた時も、私はついメロンに手を出した。このとき、うしろから声があった。

「奥さん」

私は奥さんではないが、近所の商店ではこう呼んで下さる。若主人である。彼はニヤリと笑うとこう言った。

「今日は親指は駄目よ」

先手を打たれて、親指メロンはただ一回しか食べることが出来なかった。

お恥《はずか》しいはなしだが、私は平常心をもってメロンに向いあうことが出来ない。なんだこんなもの。偉そうな顔をするな。たかが、しわの寄った瓜じゃないか、と無理をして見下《みくだ》す態度をとりながら、手は、わが志を裏切って、さも大事そうに、ビクビクしながら、メロンを取り扱っている。

レストランやよそのお宅でメロンをご馳走になる場合は、育ちが悪いと思われてはならぬ。それでなくても向田という苗字《みようじ》はすくないのだから、氏素性《うじすじよう》がいやしいなどと思われては、親きょうだい、いや、ご先祖様にも相済《あいす》まない。こんなもの、いつもいただいております、という風に、ごくざっと食べてスプーンを置く。

しかし、うちで到来物のメロンを食べるときは、日頃の心残りを晴らすように皮キリキリのところまで、果肉をすくい、一滴の果汁もこぼさぬよう気を遣って食べるのである。このメロンにしても、うちうちで食べるのは勿体《もつたい》ない。来客があった時に、と冷蔵庫に入れておくうちに、締切で時期を失し、切ってみたら、傷《いた》んでしまって涙をのむことも多いのである。

一度でいい。一人で一個、いや半分のメロンを食べてみたいと思っていた。ひとりで働いているのだから、しようと思えば出来ないことはないのだが、果物に三千円も四千円も払うことは冥利《みようり》が悪くて出来ないのである。

ところが、四年前に病気をして、入院ということになった。花とメロンが病室に溢《あふ》れた。食べようと思えば、一度に三つでも四つでも食べられる。幸い、外科系の病気で、胃腸は丈夫なので食欲はある。それなのに、食べたくなかった。

メロンは、病室で、パジャマ姿で食べても少しもおいしくないのである。高い値段を気にしながら、六分の一ほどを、劣等感と虚栄心と闘いながら食べるところに、この果物の本当の味があるらしい。

寸劇

お人が見える。

玄関先でさりげなく時候の挨拶などかわしながら、見るともなく見ると、なにやら風呂敷包みを抱えておいでになる。

風呂敷の包み具合、大きさ、抱え方で、自分用の買物かそれとも私どもにお持ち下さった品か、一目で判ってしまう。

そんなことはおくびにも出さず、まあお茶でもいっぱいいかがですかと上っていただくのだが、ここでおみやげをお出しになるかたと、コートなどと一緒に玄関に置き、帰りぎわに出すかたとおいでになる。

置いた感じからカステラかしら、持ち重りのするところをみると羊羹《ようかん》かな、揺らさぬようにそっと置いたところをみると洋菓子かしら、とちらりと横目を使いながら、そんなものは、全く目に入らないといった素振りで、客間へ御案内しなくてはいけない。

お茶の用意に台所へ引っ込みながら、けっこう頭のなかはせわしなく考えているのである。箱のなかのものがケーキだとしたら、ケーキは出さないほうがいい。あるところへ持ってきたということになると、察しが悪いようでいけないから、ここはあっさりと番茶にお煎餅《せんべい》でゆこうか。

苺《いちご》の時期などは殊《こと》に気を遣《つか》ってしまう。

万一、うちで出した苺のほうが来客の持ってみえた苺より大粒であったら、申しわけない。こういう場合は、あいにく水菓子は切らしておりまして、という風にもてなしたほうがいいのである。

あれやこれや考えて茶菓をととのえ、いざ、お帰りとなる。

「つまらないものですが」

「まあ。いつも御心配、恐れ入ります」

決り文句である。

さっきから、そうじゃないかとお待ちしておりました、など口が腐《くさ》っても言わないことになっている。

苺だと思って頂戴《ちょうだい》して、夜、気の張るお客様がみえる、これでデザートは助かったと思い、いつもよりお愛想よくお見送りしてあけてみると、フェルトのスリッパだったりして拍子抜《ひょうしぬ》けするのである。

みごとなシメジの到来物があった。

真白くて艶《つや》があり、大きさも小振りの松茸《まつたけ》ほどもある。匂い松茸味シメジというくらいで、お値段は松茸よりはるかに安直であるけれど、煮《に》てよし焼いてよし、炊き込みご飯にしてもおいしい。

日頃お世話になっているお宅に伺《うかが》う機会があったので、お裾分《すそわ》けすることにした。丁度手頃な籠《かご》があったのでそれに詰めて持参した。

私はせっかちなたちなので、手土産は上る前に玄関先で手渡したいのだが、風呂敷包みをごそごそやっているうちに相手は客間に入ってしまい、機会を失してしまった。

仕方がない、帰りぎわにしようと思ってお邪魔をしたのだが、ここで私は大変なおもてなしに与《あずか》ってしまった。

時分どきにはまだ早いのに、引きとめ、鰻重《うなじゅう》を取ってくださる。それもナミではなく、みるからに上等の、顔が写りそうな黒塗りのピカピカの二段になったお重である。

到来物ですが、といってメロンが出る。

両方とも好物なので遠慮なく頂戴《ちょうだい》しながら、ふと私は不安になってきた。

玄関においてある籠の中身を、このかたたちは、松茸と思っておいでなのではないか。

丁度松茸のシーズンである。

そういえばあの籠は、先日京都から届いた松茸のいれものである。

ペテンにかけたようで、とたんにメロンの味が判らなくなった。

私の予感は的中した。

「松茸みたいですけど、これはシメジなんです」

恐縮しながら差し出した私に、夫人は、

「あら、シメジだったの？」

いつもよりオクターブ高い声でこういうと、体を二つ折りにして笑い出した。


時分どきに見えるお客は、必ず済ませて参りました、とおっしゃる。

「まあ、いいじゃございませんか。お鮨《すし》は別腹と申しますよ」

「ほんとに済ませてきたんですのよ。とってもいただけませんわ」

「まあ、そうおっしゃらずに、ひと箸《はし》おつけになってくださいまし」

「そうですか、それでは」

朝を半端《はんぱ》にいただいたので、まだおなかがすいておりません、という客には、

「ほんのおしのぎ」

といってすすめると、大抵は綺麗《きれい》に召し上ってくださる。

だがなかには、済ませてきましたと言ってしまった手前、途中で路線変更は格好が悪いと思うのだろうか、頑《がん》として箸をつけず、帰られるかたもある。

本当に済ませてみえたのかも知れないが、すこし依怙地《えこじ》なものを感じて、私自身は、済ませて行っても、おなかに余地のある場合は箸をつけるようにしている。

「実は食べはぐってしまって腹がペコペコなんですよ。パンでもお結びでもいいから食べさせてくれませんか」

年に一度ぐらい、こういう客がある。

とても嬉《うれ》しいものである。

ほんのあり合せで手早く用意をととのえ、みごとな食べっぷりをみていると、こちらが逆にご馳走《ちそう》になっているような豊かな気分になってくる。

だが、これも、それを言える人柄、言って似合う個性というものなのだろう。誰でも彼でも出来る芸当ではなさそうである。

子供の時分から客の多いうちで、客と主人側の虚実《きよじつ》の応対を見ながら大きくなった。見ていて、ほほえましくおかしいのもあり、こっけいなものもあった。

だが、いずれにも言えることは、両方とも真剣勝負だということである。虚礼といい見えすいた常套《じようとう》手段とわらうのは簡単だが、それなりに秘術をつくし、真剣白刃の渡合いというところがあった。

決り文句をいい、月並みな挨拶を繰り返しながら、それを楽しんでもいた。

お月見やお花見のように、それは日本の家庭の年中行事でありスリリングな寸劇《すんげき》でもあった。

そして、客も主人もみなそれぞれにかなりの名演技であった。

スグミル種

知人のうちに到来物があった。

箱の大きさ、持ち重りのする具合からウイスキーと判ったので、包み紙のまま縦にして棚にならべて置いた。この人は下戸《げこ》である。大分経って来客があったので、到来物のウイスキーを思い出し開けたところ、いきなりプワァッと青い煙が立った。中から出て来たのは「かるかん」であった。鹿児島名産の、やまいもを使った純白の羊羹《ようかん》状の名菓だが、一面青かびに覆《おお》われていたそうだ。

じゃがいもとひとくちに言っているけれど、ホクホクした男爵とネットリしたメイクイーンがある。牛だって、牛乳専門のホルスタイン種《しゅ》と食肉用のショートホーン種がいる。

人間も、スグミル種とミナイ種に分かれるのではないか。

私は、人さまから何か頂戴《ちょうだい》した時、すぐに見る人間である。

中身がウイスキーと判っていても、やはりこの手で包み紙を破り、自分の目で改めないと落着かない。品名のところにジョニ赤と書いてあっても、ジョニ黒ということもある。

私のこの癖《くせ》は父の血である。

父は何事にも性急《せっかち》な人だったが、到来物をすぐに見たがることは子供なみであった。

サラリーマンであったが、どうにか人の上に立つ役職にいたので、盆暮《ぼんくれ》には毎日かなりの数のお中元やお歳暮が届いた。

夕方になって父が帰ってくる。

癇癪《かんしゃく》もちらしく、喰いつきそうな音で、玄関のベルが鳴る。母が転がるように飛んでゆく。居合せた子供たちも一足遅れて上りがまちに並び、

「お帰りなさい」

と合唱する。

父は、片手で下駄箱に摑《つか》まり、片足の靴の踵《かかと》にもう片方の踵をこすりつけ、せわしなく靴を脱ぎ捨てようとする。ところが、靴は紐のある型で、それも癇性《かんしょう》にきっちり結ぶものだから、そう簡単には脱げはしない。

このあたりで、もう父のこめかみには青筋が立っている。早く茶の間へ行って、積んである届け物を見たいのである。

見かねた母が、地だん駄を踏んでいる父の靴に手を副《そ》えて脱がせながら、

「今日は七個来ました」

と報告する。父は「フーン」と、さも面倒くさそうに、そんなこと、いちいち俺に報告することはないよ、という風に唸《うな》るのだが、唸りながら靴をうしろに蹴り飛ばして体はせかせかと茶の間へ入ってゆく。

茶の間の一隅《いちぐう》に積んであるのに目をくれながら、

「生物《なまもの》が入ってるんじゃないのか。こんなあったかいところへ置いたら傷《いた》むだろう。早く開けなさい。邦子、なにぼんやりしている!」

母や子供たちを叱咤《しった》して開けさせ、自分はネクタイをゆるめながらつきっきりで見ているのである。ところが母は父とは反対で、何も夕飯前のあわただしい時に、茶の間で一斉《いっせい》に開けなくてもいいじゃないかと思うらしい。

子供の手であわてて開け包み紙を破くと、あとで蒸し返しが利《き》かなくなるというおもんぱかりも働くとみえて、紐をほどく手もどうしてものろのろする。父は、それが癇にさわるらしい。

「鋏《はさみ》はないのか。毎年のことなんだから、鋏ぐらい茶の間に置いとけ」

もうどなっているのである。


来客に手土産《てみやげ》を戴いた場合、その場でさらりと包みを開けさせてもらうと、あとは気が落着くのだが、気の張る相手だったり、一瞬ひるんで言いそびれてしまうとあとはなかなかキッカケがむつかしい。

そうなると、もう中が気になって、相手の話など全く身が入らない。しまいには、見たくて見たくて、早くこの人帰らないかな、と思ったりするのだから、我ながら浅間《あさま》しい。やっと客がおみこしを上げる。決してお引き止めなどせずお見送りして、脱兎《だっと》のごとく客間に取って返し、包みをあけ、

「なんだ、ケーキか」

ちょっと落胆しながら、パクリとやったところで玄関のチャイムが鳴る。集金かな、とケーキを頬張《ほおば》りながらドアを開けると、さっきの客が立っている。

「実はライターを忘れたもので」

こちらは口いっぱいのケーキと恥《はずか》しさで、目を白黒させて棒立ちとなり、その客に背中を叩《たた》いていただく始末である。

友人にこのはなしをしたところ、私にも覚えがあるわ、と思い出し笑いをしたのがいた。

私と同じで、スグミル種の彼女は、客を追い立てるようにして帰し、素早く貰《もら》った包みをあけたところ、ブラウスが出て来た。早速《さっそく》、着てみたところで、やはりベルが鳴り、その客が、マンションの下まで行ったが傘を忘れたことに気がつきましたと戻ってきた。

わずか二、三分の間に、自分の持っていったブラウスに着がえているのを見て、ひどくびっくりしていたそうだ。

すぐ見たい病いも自分のうちでならまだいい。気がもめるのはパーティなどで引出物を頂いた帰りである。

帰りがひとりの場合は、会場から乗ったタクシーが走り出した途端に包み紙を破って中を見てしまうのだが、「一軒廻ってゆきませんか」ということになると、お預けである。

たまにはそういうつきあいもしたいし、引出物も気になるしで、心は千々《ちぢ》に乱れてしまう。

先だって、ある名門の外国映画輸入配給会社の創立何十周年かの記念パーティがあった。

会場は帝国ホテル孔雀《くじやく》の間である。

おなじみのスターたちの顔もみえ、なかなか豪華な会であったが、ようやく宴も終り、それぞれ記念の引出物を頂いてお開きとなった。

下りのエスカレーターで、同じ包みを手にした正装の客たちが次々と降りてゆく。

その中で、降りながらいきなりベリベリッと包み紙を破いた人がおいでになった。社会的な視野の広さと鋭い論陣で鳴る映画評論家である。中からは電卓があらわれた。中二階へおりる交差したエスカレーターの客の中から、溜息ともどよめきともつかない嘆声が洩《も》れた。自分たちのいま一番したいことを代りに実行してくれた人の勇気を讃える声でもあり、人間はみな同じなのだなあという安堵《あんど》の声のようでもあった。

人形町に江戸の名残を訪ねて

一度も行ったことはないのに、妙に懐しい町の名前がある。私にとって、人形町と蠣殻《かきがら》町《ちょう》がそうであった。

私は東京山の手の生れ育ちだが、母がみごもると、母の実家では人形町の水天宮《すいてんぐう》へ安産のお札《ふだ》を貰《もら》いにゆき、おかげで私をかしらに姉弟四人がつつがなく生れたと聞かされて育った。

物心つくようになっていたずらをすると、祖母は、

「蠣殻町の」

と言いながら私の手の甲を爪で掻《か》き、

「豚屋のおつねさん」

軽く撲《ぶ》ってからつねり上げたものだった。そんなこんなで、隣り合っているこのふたつの

町をいつかゆっくりと歩いて見たいと思い思いしながら、つい目先の用にかまけて、お礼詣《まい》りは産声を上げてから四十七年目ということになってしまった。

人形町を「にんぎょおちょお」と呼ぶのはよそ者で、土地っ子は「にんぎょちょお」とつづめて言う。水天宮も「すいてんぐさま」である。水商売と安産にご利益《りやく》のある町なかのお社《やしろ》だけに威あって猛《たけ》からず。気は心のお賽銭《さいせん》でも勘弁して頂けそうな気安さがある。毎月五日の縁日と戌《いぬ》の日は、お詣りの人で賑《にぎ》わうそうな。

お江戸の昔から、人形町は水天宮の門前町として栄えた土地柄である。お詣りの帰りには水天宮みやげで名を売ったゼイタク煎餅《せんべい》「重盛永信堂《しげもりえいしんどう》」へ立ち寄るのが順というものだろう。間口の広い角店《かどみせ》だが、店構えはみやげもの屋に徹した気取りのなさである。お煎餅といえば堅焼の塩煎餅が当り前。卵と甘味をおごったやわらかな瓦《かわら》煎餅は、チョコレートや生クリームを知らないひと昔前の人には贅沢《ぜいたく》だったのかも知れない。いや、それよりも、乗物に乗ってお詣りにゆき、おみやげを買って帰る小半日の遠出が、何よりの保養であり贅沢だったのだろう。そう思って、ここの人形焼を口に入れると、幼い頃、親戚のおばあさんが、信玄袋から出してくれたおみやげの味がしてくるのである。

ゼイタク煎餅のならび「寿堂《ことぶきどう》」の黄金芋《こがねいも》も昔なつかしい匂いがする。卵の黄身を加えた白《しろ》餡《あん》を肉桂《にっき》を利かした皮で包み、串に通して焼き上げた日保《ひも》ちのいいもので、一個百円は当節お値打ちといえる。煎茶《せんちゃ》によし番茶にも合う。袋が凝《こ》っていて、寿堂がこの場所に店を構えた明治三十年頃の四季の和菓子の目録になっている。

夏の部を見ると、卯《う》の花餅に始まり、青梅、水無月《みなづき》、夕立（壱銭《いっせん》より）、更に河骨《こうほね》、鯨もちとならんでいる。一体どんなお菓子だったのかと思いながら、店内を見渡すと、これが、東京でも数少ないという坐売《ざう》りなのである。

ショーケース――いや、見本棚といったほうがピッタリする。見本棚の向うは一段上った畳敷きで、若旦那も、品のいいその母堂も、膝《ひざ》を折り、畳に手をついて折り目正しく客に応対をする。江戸の昔から、随一の商業地といわれた人形町の〝あきんど〟の姿と、下町情緒が、黄金芋の肉桂の香りと一緒に匂ってきた。

甘いものついでに、新大橋通りの「亀清砂糖店」をのぞいてみた。これこそ東京でも数少ない砂糖だけの量《はか》り売りの店である。

古めかしいガラス戸の向うから半紙がペタリと貼ってあり、

「ご進物《しんもつ》にお砂糖。洗顔に黒砂糖をお使い下さい」

薄墨の枯れた筆である。

氷砂糖と糖蜜を買うことにした。糖蜜は黒砂糖から作った黒蜜で、パンにつけて食べるとおいしいよ、と年輩のご主人は、容れ物の用意のない私にジャムのびんをゆずってくれ、びん一杯百六十円だという。

五十年ほども使い込んだという「さわら」材のひと抱えもある白砂糖を入れる桶の、みごとな艶《つや》をさわりながら、黒砂糖で顔を洗う方法をたずねてみた。

「簡単だよ。こやって」

ご主人は、黒砂糖の塊《かたまり》をガリガリと小刀でけずり、粉にしてみせてくれた。

「水で溶いてあとは洗い粉とおんなじだ」

ご主人も使っているの？

と冗談《じょうだん》を言ったら、

「俺は使わないけど、婆さんが使ってるよ」

奥からおだやかな声で、

「糠《ぬか》とまぜるといいですよ」

うす暗い奥の茶の間に目をこらして、私はアッと声をあげてしまった。

顔立ちも美しいが、色白の肌理《きめ》はもっと美しい品のいいひとが笑いかけている。年を聞いたら七十六。お世辞《せじ》抜きで十五は若い。

広い板の間には、ご主人の昼寝用の籐椅子《とういす》が陣取って、砂糖桶がならぶのは隅の半畳ほどの土間である。正直言って愛想のないガランとした店だが、黒砂糖洗顔の生きた商品見本が坐っているとは、何と味なことではないか。

砂糖の商い一筋の夫。同じ年月だけ黒砂糖で顔を磨いた妻――

羨《うらやま》しさを半分こめてからかったら、

「そういうつもりじゃないよ」

砂糖屋の主人らしく前歯の二、三本欠けている口をあけて飄々《ひょうひょう》と笑ったが、この人も七十九歳。これまた十は若く見える。今からでは遅いかな、と思いながら、つい黒砂糖を二百グラム買ってしまった。百グラム五十円。私は人形町が好きになってきた。


人形町通りから明治座へ抜ける道を甘酒横丁という。

明治の頃、この横丁の入口に甘酒を売る店があったというが、今は和菓子の店、「玉英堂」で、売りものの玉《ぎょく》まんとならべて、パックになった甘酒を売っている。

ついでに人形町の由来をたずねると、寛永十年（一六三三）頃、今の人形町三丁目あたりに市村座と中村座にならんで、人形操《あやつ》りの小屋が六、七軒あった。この人形の製作修理にあたった人形師が住んでいたことから呼ばれるようになったらしい。

もひとつ、ついでに蠣殻町を調べると、これは江戸初期の屋根の材料からきている。牡蠣《かき》殻《がら》をひいて粉にし、瓦にして屋根としたといい、或《あるい》はただの板ぶき屋根に牡蠣殻をならべたという。

いずれにしても、三百年昔の屋並みや暮しぶりがそのまま町の名前になり、悪名高い新住居標示にも生き残って今日に至っているのは、何とも嬉しい限りである。

不思議なことに、現在人形町には人形をあきなう店は一軒もないが、甘酒横丁には、下町の名ごりを残した店が二、三軒ある。

入ってすぐ左手の「岩井商店」「ばち英《はなぶさ》」がそれである。

「岩井商店」のつづらは注文が殆《ほとん》どで、今から頼んでも出来上りは秋になるそうだが、ズラリとならんだつづらに次々と黒うるしを塗り、天井にぶら下げて乾かしている風景は、ガラス戸越しに拝見するだけで楽しくなる。

「ばち英」は、ばちに限らず、三味線の製作修理専門の、これも古い店。

この道四十年という職人さんが黙々と三味線の皮を張るそばで、ご主人が皮見本を示しながら、ポツリポツリと話してくれる。犬の皮でもいいのだが、大劇場でここ一番というときはやっぱり冴《さ》えて色気のある猫に軍配が上る。三味線の胴は普通はかりんの木だが、四畳半向きの小唄用には桑の木のほうが粋《いき》とされるそうだ。何やら粋な音〆《おとじめ》が聞えてくるようで、無芸がいささか恥ずかしくなった。

この先五十メートルほど行って左側の角に、小さな飾り窓があって千代紙細工がならんでいる。気ぜわしく歩くと見落してしまいそうな浮世離れたしもた屋で、看板も出ていない。てのひらにかくれてしまう小さな屏風《びょうぶ》に五月人形やら芝居の外題《げだい》が人形仕立てで貼ってある。値段は五百円から千円ちょっと。アパート住まいの友人や長患《ながわずら》いの病人の枕もとに、来年の春にはこの店の雛《ひな》人形の屏風を届けようと、鬼も笑いそうな心づもりをしたりする。

もう少し足をのばすと、やはり左手に臙脂《えんじ》色《いろ》のタイルも美しい建物があって、これが栗田美術館である。

小ぢんまりした陶磁器だけの美術館で、伊万里《いまり》、鍋島の逸品がならんでいる（入場料五百円）。館長の栗田英男氏が、学生時代、人形町に下宿していた頃、夜店で伊万里のとっくりを買ったのが病みつきで、以来四十年。五千点といわれるコレクションのほんの一部を、青春の思い出のこの場所に美術館を建てて展示したわけである。本館は足利《あしかが》にあるそうだが、こけおどかしの大物ではなく、てのひらでいつくしんで集めたと思われる血の通った名品揃《ぞろ》いが嬉《うれ》しかった。焼きもの好きの方は休館日の月曜をはずしてゆかれることをおすすめする。

人形町の素顔は裏通りにある。

どの路地も掃除が行き届き、出窓や玄関横にならべられた植木は手入れのあとがうかがえる。竹垣には洗った下駄が白い生地を見せて干してある。

赤坂や六本木の、夜はきらびやかだが、昼間通るとゆうべの食べ残しの臓物《ぞうもつ》が路上に溢《あふ》れたいぎたない横丁を見馴《みな》れているせいか、この町の路地は実に清々《すがすが》しい。どの路地にも四季があり、陽が上ると起き、目いっぱい働いて夜は早目に仕舞《しま》って寝る律儀《りちぎ》な人間の暮しを見る思いがした。

小唄や長唄の看板やお座敷洋食の店が目につくのは、芳町《よしちょう》や浜町《はまちょう》の近い土地柄だろうが、粋なくせに、足が地についてて実《じつ》がありそうに思える。間にはさまる小児科や内科の町医者（こんな言い方をしたくなるほど、つつましい医院が多い）は、夜中でも往診をしてくれそうな門構えである。

犯罪と交通事故の少ない町だと聞いていたが、たしかに軒と軒がくっつきあって、隣りのおみおつけの実《み》まで判ってしまうあけっぴろげの暮しの中では、過激派も爆弾は作りにくいだろう。

そういえば、ある商店の若旦那が言っていた。

「小学生の時、必ずクラスに二、三人お妾《めかけ》さんの子や芸者の下地っ子がいた。身なりがよく体操を休んだりしたけれど、誰もいじめたりしなかった。そういうことが当り前の土地柄なんですね」

こういう路地の中に、「ちまきや」がある。

三本組みになって二百円。値段は安いが味はみごとの一語に尽きる。といって、今日行って今日の間には合わない。予約制で、お節句は来年はおろか次の年までいっぱいです、という。一週間先十日先なら、割り込めることもある。味よりもまず量産の時代に、これはまさに味もゆきかたも稀少価値といえそうである。

辛党《からとう》には、これも路地裏にある「鶴屋」の手焼きせんべいがいいおみやげになる。間口二間ほどの小店だが、ひき茶、甘辛、黒砂糖などの中丸せんべいが奥の大きな黒いいれものから手品のように出てくる。予算を言えば、いろいろ取りまぜて見つくろいで包んでくれる。

ここまで歩くとおなかがすいてくる。

やはり裏通りの洋食屋「芳味亭《ほうみてい》」でコロッケとごはんもよし、表通りの「京樽《きょうたる》」ですし懐石《かいせき》もいい。京樽は万事昔通りの人形町では異色の、店も器も凝ったつくりで、女だけの小人数のクラス会などにはぴったりの雰囲気《ふんいき》をもっている。

人形町へきて「魚久《うおきゅう》」へ寄らないのは片手落ちであろう。

魚の京粕漬《きょうかすづけ》だが、甘鯛、いか、まながつおは勿論《もちろん》、平貝《たいらがい》、たらこ、車海老《えび》までならんでいる。切身一切れ二百円ほど。夕方は近所の主婦でいっぱいになる。味に自信があるのだろう、切身は必ず水洗いして、かすを取って焼いて欲しいという。その通りにしてみたが、実にいい味である。夏場は地方発送はせず店売りだけ。年中無休。水曜と土曜は、中落《なかお》ちやカマ、いかのゲソを特売するという看板に嬉しくなってしまった。きびきびと手早いが、それでいて客あしらいに情《じょう》がある。

持ち重りのする、魚久の粕漬を手に、ちょっとひと休みというなら、「快生軒」のコーヒーをすすめたい。大正八年創業。看板の喫茶去《きっさこ》は中国唐代の禅僧趙州《じょうしゅう》の禅語で「お茶を召し上れ」という意味。喫茶店という名前は、この店の先代が使ったこの看板からきているという。天皇と同じ年だという二代目の佐藤暠祐《こうすけ》さんは、しゃれたコーヒー色のエプロンで、カウンターの三代目の息子さんと一緒にブレンドの研究とサービスに忙しい。混み合っている時は叱られそうだが、この人に人形町の今昔をたずねたら、面白いはなしが伺《うかが》えそうである。

コーヒーは二百三十円。おいしい。

それにしても、私は何と迂闊《うかつ》だったのか。

お恥ずかしいはなしだが、私は十年も、この人形町と目と鼻の先の日本橋の出版社につとめていたのである。そのくせ昼は地元のいつも決った店でそそくさと済ませ、夜は銀座だ赤坂だと、派手なネオンや名前に誘われて、これも同じような道を歩いて十年を過してしまった。

ほんのちょっと足をのばせば、こんなに魅力にあふれた町があるのに、何と勿体《もったい》ないことをしたのだろう。

これは人形町だけのことではないのかも知れない。

誰に束縛されているわけでもないのに、私たちは毎日の暮しの中で、ともすると同じ道を通り同じ店で買物をする。同じ人とつきあい同じような本を読む。飽《あ》きた退屈だとぼやきながら十年一日の如《ごと》く変えようとはしない。

散歩や買物に、国境はないのだ。たまには一駅手前で乗りものを降りて、またはわざと乗り越して隣りの町を歩いていたら、私は二十年前に人形町をみつけていたのである。

人形町ぶらぶら歩きのおしまいに、私は「うぶけや」に立寄った。

産毛《うぶげ》も剃《そ》れますという、しゃれた名前の刃物専門の店である。同じ刃物でも、刀剣を扱う店は、入っただけで、背筋が冷たくなる殺気があるが、出刃や薄刃から花ばさみ、爪切りなど女が暮しの中で使う刃物には、怖ろしさがない。

わが台所の、いささか手入れのよろしくないナマクラ包丁を恥じながら、柳刃と鯵《あじ》切りを求めた。切れない包丁を口実に、お刺身を買うときもサクで買わず、作ってもらっていたのがきまり悪くなったからである。

新しく便利な器具を求める前に、もっときめ細かく暮すやり方があるのではないか。人形町を歩くとごく素直にそんな反省をさせられてしまう。

因《ちな》みにこの「うぶけや」のうしろあたりが、「玄治店《げんやだな》」である。

江戸時代初期の名医岡本玄冶法眼《ほうげん》が将軍家光の病をなおしてこの地を拝領。そのあと代がかわって六本木に居を移してこの拝領地を町屋に開放した。以来玄冶店と呼ばれ、囲《かこ》い者などが住んでいたのであろう。

「しがねえ恋の情けが仇《あだ》」

の名セリフは知っていても、場所はどこなのか知る人は少ない。人形町にはまだ江戸の香りが残っている。古きよき東京の人情も、「あきない」と一緒に残っているように思えた。

味噌カツ

東海道新幹線で岐阜羽島《ぎふはしま》駅をおりると、嫌でも駅前広場の某政治家夫妻の銅像が目に入ってくる。

私は夫妻ということにびっくりしてしまった。

某政治家が、選挙区である羽島に新幹線を停めるのに力があったことは聞いていたが、銅像が建つところをみると、夫人のほうも貢献しているらしい。

令夫人も一緒というのは、文化勲章などを受けたときの宮中参内《さんだい》や園遊会のときぐらいかと思っていたが、夫妻揃《そろ》って銅像になるという例もあるのだ。

それにしても、あちこちの銅像を考えてみても、夫妻一緒というのは寡聞《かぶん》にして知らない。

楠木正成《くすのきまさしげ》も太田道灌《どうかん》も一人で建っているし、外国の例を考えてみても、スエズ運河をひらいたレセップスにしても、運河のほうに忙しくて独身だったのか、やはり単身である。お供がくっついているのは、サンチョ・パンサを連れたドン・キホーテと、犬を連れた西郷サンだけである。

そう考えると、岐阜羽島駅の夫妻の銅像は、男女同権そのものとして世界に冠たる劃期的《かっきてき》なものかも知れないと感心をした。

駅前でタクシーをひろい、岐阜市へ向って走ると、もうひとつ目につくものがある。

「味噌《みそ》カツ」

という看板である。

「味噌カツ」

「味噌カツ定食」

一軒や二軒ではないのである。次々に通り過ぎるスナックや食堂のほとんどにこの看板が出ている。

「味噌カツってなんなの」

運転手さんに聞いてみた。

「お客さん、味噌カツ、知らないの」

運転手さんは二十三、四の若い人だったが、物を知らないねえ、という風《ふう》な笑い方をした。

「簡単なもんだよ。カツの上に味噌のたれがのっかってるだけだよ」

「おいしそうねえ」

「うまいよ。第一、匂いがいいしさ、カツだけよか飯は倍いくよ」

お客さん、どこから来たの、と聞き、

「そうか。東京の人は味噌カツ知らないのか。そういやあ、よその人間、みんな知らないなあ。この辺だけのもんかなあ」

そういいながら走る間にも、一、二軒の味噌カツの看板が目に飛び込む。

私は、もうすこしのところで、

「停めて頂戴《ちょうだい》」

と言いそうになった。

停めてもらって、味噌カツというのをたべてみたいと思ったのだ。新幹線の食堂で、あまりおいしくない昼食を済ました直後だが、ひと口でもいいから食べたい。

だが、雑誌の取材の仕事で行っているので、先方の旅館で岐阜名物の食事の用意があるらしい。

我慢をして走り過ぎ、あとは決められたスケジュールにしたがって、名物料理の鮎《あゆ》などを頂いたわけだが、おいしく頂きながら目の前にチラつくのは「味噌カツ」の四文字なのである。

食事前のひととき、喫茶店で休むと、バスの運転手さんらしき人が、味噌カツ定食を食べておいでになる。

なるほど、カツに黒い味噌のタレがかかっていて、油と味噌の一緒になった香ばしい匂いがプーンとしてくる。

「ああ食べたい」

生唾《なまつば》を飲みながらお預けをくらい、私がやっと味噌カツにありついたのは、二日間の日程を終え、新幹線にのる直前の岐阜羽島駅内の食堂であった。

おいしかった。

八丁味噌にミリンと砂糖を加え煮立たせたものを、揚げたてのカツにかけただけだが、油のしつこさを味噌が殺して、ご飯ともよく合う。

これぞ餡《あん》パンに匹敵する日本式大発明、いまに日本中を席巻《せっけん》するぞと期待しながら東京へ帰ってきた。

ちょうど去年の今頃のことである。

あれから一年たった。

気をつけているのだが、一向に味噌カツの名前を聞かない。

どうも、流行《はや》っているのは、岐阜一帯で、それより西へも東へも伸びていないらしい。

フラフープやダッコちゃん、ルービック・キューブのように、アッという間に日本中に流行るものもある。

いいなあ、面白いなあ、というものでも、さほどひろがらないものもある。

どこに違いがあるのだろうか。

随分前のことだが、バンコックに行ったときは、カラータイツが大流行していた。

夏の盛りだというのに、若い女はみなカラータイツをはいていた。日中は三十五度から四十度になるというのに、涼しい顔をして、足首までキッチリとおおったタイツ姿で往来を歩いている。こっちはムームー姿でぐったりとしているというのに、流行というのは何と偉大なものかと感動したが、次の年に行った人に聞いたところ、「やはりあれはスタレたようですなあ」ということだったから、涼しい顔はおもて向きでやはり汗疹《あせも》など出来たのかも知れない。

バンコックでカラータイツがはやって、どうして東京で味噌カツがはやらないのだろう。

やはりテレビで、松田聖子やタノキンの連中が、味噌カツの歌でも歌ってくれないと駄目なのだろうか。

現代は、歌とファッション、テレビの人気者、ＣＭがくっつかないと、流行にならないらしい。

仕方がない。私はひとりで味噌カツをつくり、ひとりで食べてみた。

岐阜羽島駅の食堂で、新幹線の時間を気にしいしい食べた味とは少し違うような気がしたが、まあまあ似たようなものが出来た。

せめて私の廻りだけでも流行らせたい、ＰＲのために味噌カツ・パーティを催したいと思ったが、この半年ばかり、我が家は散らかし放題で、特に居間は、未整理の手紙、スクラップすべき週刊誌や本の山で足の踏み場もない有様《ありさま》である。

仕事が一段落して、大片付け大掃除をしないことには、とても他人様をお招きすることも出来ない。この分ではせっかくの味噌カツも、あたら岐阜地方だけに埋もれるのではないかと気がもめる。

夫婦揃っての銅像は流行らなくてもいいから、というのは多分に嫁《ゆ》きおくれのひがみも入ってのことだが、おいしい地方の料理は、食いしん坊に知らせてあげたい。そう思ってやきもきしている。

羊横丁

はじめて羊横丁に足を踏み込んだときは、正直いって肝《きも》をつぶした。スーク、ところによってはバザールともいうらしいが、曲りくねった市場の小路一筋二筋が、軒なみ羊を売る店なのである。

肉だけの店。臓物《ぞうもつ》だけの店。それも胃袋だけ腸だけ扱う店もある。毛皮だけ、脚先だけ。それぞれ専門店になっているらしい。

肉専門店には、いまサバいたばかりといった感じの生々しい羊の頭が、十個も二十個も板の上にならべられて、こっちを向いている。

人がやっと二人通れるほど細い路は、羊の匂いでいっぱいである。足許《あしもと》には羊の毛皮が散らばり、血を洗い流す水か、それとも血なのか、ヌルヌルに濡れてよく滑った。

チュニジア、アルジェリア、モロッコ。マグレブ三国と呼ばれるところを半月間旅行して、一番印象に残るのは、この羊横丁であった。

羊はどちらかというと苦手であった。

ウール、つまり毛織物は大好きで、やはり化繊よりいいわ、などと言っていたが、マトンのほうは、匂いも味も、あまり有難い代物《しろもの》ではなかった。

昔、スキーにいって、蔵王《ざおう》で食べた羊のジンギスカンというのをおいしいと思ったくらいで、あとはほとんど敬遠のフォア・ボールであった。

だが、マグレブ旅行ではそんなことは言っていられなかった。

羊の肉にもピンからキリまであることが判った。

やわらかく、香ばしく、香料が吟味《ぎんみ》されていて、つい手が出てしまうものもあった。シシカバブーの一種なのであろうか、短剣を形どった銀色の串に刺して焼いたものは、クミンシード（cumin seed）の香りがして、かなり大きい肉を残らず平《たい》らげた。

あれはモロッコのチネルヒールだったかエルフードだったか。食事どきが近くなり小さいホテルの食堂へ入ったところ、裏庭でゴミを焼いている。ゴミの中に垢《あか》じみた古着でもまじっているのか、爪や髪の焼ける、あまり有難くない匂いがただよってくる。

「なにも食事どきにゴミを焼くことはないじゃないの」

ブツブツ文句をいいながらテーブルについたが、ゴミを焼いていたのではなく、私たちの食卓にのせる羊を焼いていたのである。このときの羊の焼肉は、どうにも固く、匂いも強く、貴重品の醬油《しょうゆ》をかけたがのどを通らなかった。

そんなことを繰返しているうちに、私は、羊の匂いと味に馴《な》れてきた。顔をそむけ、鼻をつまむようにして通った羊横丁を、面白いと思うようになった。汚ないと見えたものが、生き生きとうつるようになった。

これはおいしそうだな、上等なところだな、これは年とった羊かしら、固そうだな、と私なりに区別がつくようになった。

羊の頭は、レストランのガラスケースの中にも並んでいた。赤むけに皮をはがれ、オリーブの葉を口にくわえて、とぼけた顔をしていた。私は頭は食べる機会がなかったが、これは高価なご馳走《ちそう》らしかった。私たち日本人が、鯛のかぶと焼を食べるのと同じであろう。羊横丁に馴れるのに十日はかかったが、着いたその日においしいと思ったのは、オレンジと卵である。

チュニスの町はずれの果物屋で、日本円にして五百円ほどのお金を出して、オレンジを買った。赤んぼうの頭ほどの、みごとなのが十二個きた。大きな袋に入れてもらい、ツアーの一行十人に振舞った。

誰かがオレンジを二つに割ると、甘い匂いがバス中にただよった。かぶりつくとオレンジ色の汁が、バスの床にしたたった。マグレブのオレンジは、パリの何十パーセントかを占める重要な輸出品ですといっていた。

卵は、形はよくなかった。いやに丸っこいのもあるし、難産だったのかひょろ長いのもあった。しかし、味は素晴しかった。昔食べたなつかしい卵の味がした。

アトラス山脈を越えたモロッコの小さな町で、サハラ砂漠へ日の出を見にゆくツアーがあった。

塩味のパンと、ゆで卵が、ホテルの用意してくれた朝食であった。期待したサハラ砂漠の日の出は、珍しくも雨が降り、見ることは出来なかったが、岩塩をつけて食べたゆで卵のおいしさは、今もなつかしく舌に残っている。そういえば、卵の親であるチキンに、さまざまな香料とレモン、オリーブの実をあしらい蒸し焼にしたタジンという料理も、みごとな味であった。

牛の首

肉屋の店先に牛の首がぶら下がって揺れていた。チュニジアの田舎町である。

目をそむけて通り過ぎたかった。

この部分のことは考えないようにして、すき焼きやステーキを食べてきたからである。

処理されて間もないと見え、首の下の石だたみには、透き通った脂と血が、点滴のようにしたたっていた。近寄ると、首はくるりと廻って私の鼻の先に切断面がきた。肉色の筋が精密機械のように入り組んで、テレビの裏側のようである。

首は生きているようにみえた。

鼻孔にはオリーブの葉が丸めて差し込まれていたが、

「くすぐったいなあ」

今にもふっと吹き飛ばしそうである。

私は、牛が深い二重まぶたであることをはじめて知った。金色の長いまつ毛も、まだ艶《つや》があった。

まつ毛の下の目は、妙にのんきそうで、格別怒ったり恨んだりしているようには見えなかった。

立派な死に顔である。

感心しながら、人はこんな顔では死ねないなと思った。

牛は生れたときから諦《あきら》めている。

人は、叶《かな》わぬと知りながら希望を持ち、生に執着しながら死んでゆく。

牛を食べる人間のほうが、食われる牛よりおびえた顔をして死んでゆくのである。

シナリオ　寺内貫太郎一家２より

第三回

〈1〉事務室（朝）

例によって神棚の前で柏手《かしわで》を打ちかけた貫太郎、いきなり大声で怒鳴《どな》る。

貫太郎「おーい！　おい！　お水はどした！　お水が来てないじゃないか！」

貫太郎の後ろで朝刊を揃《そろ》えてデスクの上に置いていた里子が、負けずに言い返す。

里子「ちゃんと上がってるでしょ！」

貫太郎「（びっくりする）ウワッ！」

里子「たしかめてから怒鳴ってくださいよ。（捨てゼリフで）お父さんときたら、見もしないで怒鳴るんだから」

貫太郎、フンといった調子で二礼二拍一礼。
里子、じろりと夫をにらんで出てゆく。

〈2〉庭（朝）

庭ぼうきを手に木戸口から入ってゆく里子。フフと笑いながら、その辺を掃《は》きかけて、あれとなる。
離れの廊下を、きんが古びた木箱をエッショエッショと運んでいる。すべって箱を落としそうになる。

里子「おばあちゃん……危ない……」
里子、ほうきをおっぽり出して、かけ寄って支える。

里子「あら……これ、五月人形の箱じゃありませんか」

きん「シイッ！」
きん、不細工なウインクをして、

きん「里子さん、ちょっと……」
自分の部屋へ誘い込む。

〈3〉きんの部屋（朝）

きん、障子を開ける。
金太郎や兜《かぶと》などの五月人形が、いずれも黒光りした古い木箱から出されて置いてある。
びっくりする里子。

里子「おばあちゃん……」

きん「今朝ね、バカに早く目が覚めちまったもんだから、ちょこっとお納戸《なんど》から出してみたのよ」

きん、木箱から、見事な鍾馗《しょうき》さまを取り出す。
里子、手伝いながら、寂しそうに笑う。

里子「……そういう時期なのねえ。天長節が終わると、端午《たんご》の節句……。何だか忘れてたわ」

きん「ね、里子さん」

きん、すり寄って、意味を込めて、言う。

きん「飾ろうよ」

里子「飾るって、おばあちゃん……」

きん「正々堂々と……茶の間にさ」
里子「そんなことしたら、お父さんが……」
　里子、あきれて絶句してしまう。
里子「おばあちゃんだって、お父さんの去年の見幕《けんまく》、覚えているでしょ。あたしが、ついうっかりして、いつもの通り五月人形、飾ったら、『馬鹿！　そんなもの、しまってしまえ！』……お人形、け散らかして……『うちから縄つき出したんだぞ！　どの面《つら》下げて、男の節句祝えるんだ！』」
きん「そりゃあんた、去年は大助が騒ぎ起こして、初めてのお節句だったからさ……」
里子「……今年の十一月になりゃ、執行猶予が明けるんですもの。来年の五月には、天下晴れて……」
　里子、鍾馗さまの顔の綿やうす紙をはがしながら、
里子「それまでは、鍾馗さまには申し訳ないけど、今年もう一年……こうやって障子立て切って、おばあちゃんのお部屋で、虫干しさせていただきましょうか」
　鍾馗さまを木箱の上に置く里子。その手を押さえて強く言う、きん。
きん「里子さん。飾ろ」
里子「……（おばあちゃん）」

きん「この頃の大助、ごらんな。頭、丸坊主にしてさ。そりゃ、怒ってハサミ入れたのは、貫太郎だけどさ、思い切りよくクリクリ坊主にしたのは、あの子じゃないか。ちゃんと石貫の袢てん着て、一からやり直しで、うちの仕事手伝ってるんだ。このへんで、パーと豪儀《ごうぎ》に鯉のぼり、おっ立てて、五月人形飾ってさ『しっかりおやり！』そう言ってやろうよ」

里子「おばあちゃん……」

声をつまらせ、手をついて礼を言う里子。

里子「ありがとうございます」

きん「ごはん、済んで、貫太郎が仕事場、行ったら、女だけでさ」

里子「やりましょう！」

きん「貫太郎が何か言ったら、そのときはあたしが」

里子「(言わせない) いえ、あたしが、体当たりで、『お父さん！』」

きん「里子さん。あなたを見殺しにはしないわよ」

里子「おばあちゃん……」

感動のあまり、手を取りあう嫁と姑《しゅうとめ》。

きん「それからね、里子さん。大助を前科者扱いするのはもうよそうよ」

里子「そりゃおばあちゃん、あたしだって、そうしたいわよ。でもお父さんが」

きん「かまわないから、あたしと里子さんでどんどんやろうよ。前と同じに、平気な顔して話しかけてさ。あたしが音頭《おんど》とるから」

里子「そうしていただけると……」

飛び込んでくる節子。

節子「お母さん、大変よ！（電気釜が）」

何か言いかけて、足許《あしもと》の五月人形にびっくりしてしまう。

節子「ね、飾るの！」

里子「（うなずく）」

節子「お父さん、大丈夫かなあ、去年みたいバーンて」

里子・きん「そのときはね、あたしが体当たりで、『やめて下さい』（やめとくれ）」

きんと里子、実演つきでやりかける。

またまた飛び込んでくるミヨコ。

ミヨコ「おかみさん、ごはんが」

言いかけて、五月人形に気がついて、これまた、びっくり。

ミヨコ「ウワァ！　飾るんですか」

里子「そう！」

ミヨコ「大丈夫ですか。また、去年みたいに、旦那《だんな》さんが、『バカ！　こんなもの、引っ込めろ』バーン」
節子「そのときはね」
里子・きん「あたしたちが、『お父さん！』（貫太郎）」
きんと里子、力演のあまり二人でぶつかって、ひっくり返って、しまう。
節子（同時に）「大丈夫？」
ミヨコ（同時に）「大丈夫ですか？」
きん・里子「大丈夫よ」
ミヨコ「二人とも凄《すご》い度胸ですね」
きん・里子「そのくらい！（胸を叩く）」
きん「さあ、節子もミヨちゃんも、今日は忙しいわよ」
里子「五月人形飾って、鯉のぼり立てて」
節子「あら、鯉のぼりぐらい、周ちゃんにやらせりゃいいじゃない」
きん「これだもの（ギプス、肩からつっている）役に立たないよ」
ミヨコ「女だけでやりましょうよ」
きん「お風呂は菖蒲《しょうぶ》湯」

ミヨコ「ウワァ！」
節子「あれ、いい匂いなんだ」
きん「それから夜のごちそうは……ちまきずしだ」
里子「おばあちゃん……」
きん「里子さん。いつもの通り、やろ」
里子「やりましょう！」
ミヨコ「ね、ね、ちまきずしって……どやって作る……」
言いかけて……、
ミヨコ（同時に）「あ、そうだ！」
節子（同時に）「そうよ」
里子「え？」
ミヨコ「いつまでたってもカチャッてならないから見たら、電気きてないんです」
里子「じゃ、ごはん、炊《た》けてないの」
ミヨコ「半煮えのとこで、電気切れちゃったらしいんです」
里子「どして早く言わないの」
節子「あたしたち、それ言いにきたのよね」

里子「やだわ、どうしよう！」
さっきの勢いはどこへやら、とたんに情けない声を出し、きんを突き飛ばすようにしてすっ飛んでゆきかける里子。
きん「アタタタ」
節子「（追いすがって）それから……お兄ちゃん、またいないわよ」
里子「え？　大助が？」
貫太郎（声）「お〜い、メシメシ！」
里子「こないだうちから、ときどき朝、いないけど……どこ行くんだろうねえ」

〈4〉寺内石材店・表（朝）

仕事場の石に寄りかかるようにして、待っている周平。ギプスで固めた左腕をつっている。

きょろきょろ外を見て、行ったり来たり……。

周平「（舌打ち）遅いなあ、全くもう！」

ポンと石を蹴《け》る。

石段からかけ下りてくる大助、スーッと入ろうとする。

周平「遅いよ、兄さん」
　周平、大助の上衣《うわぎ》をつかむ。
周平「どこで誰と会ってっか……お、おれ、関係ないけどさ、朝メシだけは遅れないでくれよ」
大助「……」
周平「それから、兄さん、墓地で空手の稽古《けいこ》してるって……そういうことになってるから……」
　大助、周平の頭を一つ、コツンとやって入ってゆく。
周平「あいて……」
　石段の上で、トレパン姿の花くまが、マラソン・スタイルで足踏みしながら、見ている。
　（大助の後をつけてきた感じ）
花くま「……言ったほうがいいかな、いや、言わねほうがいいかな」
　ちょっと走って……、
花くま「いや、やっぱ、言ったほうがいいかな……」

〈5〉茶の間（朝）

食卓のトースターから、トーストがポンと飛び出す。
トーストをくわえながら、怒鳴っている貫太郎。里子、きん、節子、ミヨコが座っている。

大助と周平が入ってくる。

貫太郎「こんなもの何枚食ったって、腹の足しになンないよ！　パンで石が持ち上がると思ってるのか！」

里子「だってお父さん」

周平「あれ！　パンなの？　どしたの？」

きん「電気釜がね、こわれちまったのよ」

周平「へえ……珍しいこともあるもんだね」

貫太郎「気がつくのが遅いよ。釜がおかしいと思ったら、やり直しゃいいじゃないか。横着《おうちゃく》するから」

きん「男はこれだから。お米ってのはね、すぐ、といで、炊くってわけにいかないのよ」

里子「そうですよ。そりゃ、どうしてもっていうんなら、『湯炊き』って、やり方もありますよ。だけど、そんな、シンのあるごはんじゃ、お父さん、また怒鳴るでしょ？」
貫太郎「シングらいあったって、メシのほうがいいよ」
周平「たまにはパンもいいって」
ミヨコ「周平さん、パン、大好きですもんね」
貫太郎「だから、ヒョロヒョロしてやがんだ」
きん「おうおう。パンに八つ当たりしちまって」
節子「そうよ、お父さん、肥《ふと》り過ぎなんだから。本当はパンのほうが体にいいのよ」
周平「そうだよ」
節子「あ、周ちゃん、焼けたわよ（トースト）」
周平「そっち先――（兄）」
大助「（お前、先に食えよ）」
周平「（いやあ、そっち）」
きん「長男がイチ。次男がニ」
きん、言いながら、パンを大助へ。もう一枚を周平に。
きん「バター、つけてやろうか」
大助「（いいよ）」

節子「トーストに、おみおつけってのも、あいますね」
周平「いけるいける。ね、これからさ、一日おきに朝はパン、ての、どうかな」
貫太郎「バカ言うな。うちは、風船屋だの布団屋じゃ、ないんだぞ。石持ち上げるのにパンじゃあ」
里子「分かりましたよ。コナ、飛ばさなくたって。今日中にちゃんとお釜直しときます――」
周平「電気釜なら、オレが」
里子「周ちゃんはダメよ」
ミヨコ「またいつかみたいに、やられた！　ビリビリって来たって――」
節子「あれから、頭悪くなったんじゃない」
周平「姉さん――」
きん「電気の直しは大助でなくちゃ」
大助「（節子に、おい、持ってこいと、あごをしゃくる）」
節子「お釜？」
大助「（うなずいて）ドライバーも」
里子「（うながす）」

節子、立とうとするがミヨコ、立ってゆく。

里子「お父さん、バターついてますよ」

貫太郎「こんなゴソゴソしたものが、そう立て続けに食えるか！」

と、言いながら盛大にパクつく。

きん「怒る割にゃ、よく上がるわねえ」

節子「あ、お兄ちゃん、ミルク――」

大助「（うん）」

節子「ね、お兄ちゃん、朝どこ行ってるの？　起こしに行くと、いないみたいだけど」

貫太郎「おい！　どこ行ってんだ」

里子「お父さん！　大助、あんた、散歩ぐらいならいいけど、うち出るときは、ちゃんと、行き先を――いえ、何も、アンタだけじゃなくて、これはうち中みんなですよ」

貫太郎「おい！」

釜とドライバーを持って入ってくるミヨコ。

節子「あたし、大体分かってんだ。お兄ちゃんさ、精神修養のマラソンとかさ、そんなんじゃない？」

大助、ミヨコから釜とドライバーを受け取り、パンをくわえながら、斜め座りで修繕を始める。

周平「（ほっとしながら）いい勘《かん》してるけどさ、ちょっと違うんだよな」

きん「どう違うの？　マラソンじゃないの」

周平「（大助に言わせたい）違うんだよね、へへ」

貫太郎「何だよ」

周平「（大助が言わないので仕方なく、いきなり奇声を発する）ヤッ！　ハア！」

里子「びっくりするでしょ？」

周平「空手！」

節子「のどに、突っかえちゃった」

貫太郎「そんなことする間があったら、石に向かってだな、（突っかえながら）人よか十年遅れるんだから、夜《よ》の目も寝ずに、トントンコツコツ、トントンコツコツやらなくちゃ、いつまでたっても、一丁前にゃなれないぞ（むせる）」

里子「ほらほら」

貫太郎「パンてやつは、突っかえやがるから、嫌いだよ」

周平「そう言うけどね、オレの統計によると、パン食ってる奴《やつ》のほうが英語ができるね」

節子「そうするとさ、周ちゃんが英語できないのは、お米のせいだって言うの」

周平「発音がいいね、パン食の奴の方が」
きん「外人はパンだもんねえ」
貫太郎「バカ言うな」
周平「本当だよ」
きん「プリズ、プリズ」
一同「え？」
きん「ばあちゃんに、パン、プリズ」
ミヨコ「パンのおかわりですか」
里子「なあんだ——急に英語使うから」
周平「ばあちゃん。プリズは上出来だけどさ、それね、外国じゃ通じないよ」
きん「どして、パン・プリズよ、ダメなの」
周平「パン・プリーズって言うとね、フライパンが出てくるよ」
里子「やだ」
節子「どして」
ミヨコ「フライパンって言うと」
周平「英語でパンて言うと、フライパンなんだよ」

きん「パンてのは、なんて言うの」
周平「ブレッド！」
里子「それじゃあ、パンてのは英語じゃないの」
周平「違うんだね」
ミヨコ「それじゃ、パンて何語ですか」
周平「何語かな」
貫太郎「知らないのか、お前」
周平「お父さん知ってるの」
貫太郎「ううん――いや、そういやあ、ありゃ――」
大助「ポルトガル語じゃないかな」
一同「ポルトガル語ねえ」
ミヨコ「大助さんて物知りなんですねえ」
きん「そりゃ、ちゃんと、大学出てるもんねえ」
大助「――（釜を直している）」
貫太郎「（小さく、言いかける）大学出てたって、クサイメシ食ってりゃ世話は」
周平「ね、ね、パンてさ、日本独特のパンて知ってる？（父に食い下がるように）」

里子「日本のパンねえ」
貫太郎「『もち』だろ。ありゃ世界にほこる日本のパン」
周平「残念でした」
一同「何よ」
周平「ジャパン！」
一同「ううん！」
里子「やだ、もう！」
周平「それじゃ、アメリカのパンは」
節子「パン・アメリカン」
きん「あ、なるほど」
周平「中共のパンは」
里子・貫太郎「中共のパン――」
ミヨコ「……パンダ……」
貫太郎「うまい！」
周平「食ったこともないくせして――」
きん「今のしゃれもいいわよ」

周平「そいじゃあさ、フンダリ・ケッタリしてつくるパンは」
里子「ウドンは踏んでつくるけどねえ」
周平「コテンパン」
きん「それじゃ、こういうパンはなんだ」
きん、ヘンな格好で踊ってみせる。
節子・ミヨコ「なあに？」
大助「ピンポンパン」
きん「おうおう！（大助の肩をどやす）」
貫太郎「何やってんだ」
周平「バカバカしくて、やってらんないよ」
と、言いながら、うれしい。
周平「――というようなわけで、オレの英語を上達させるためにも、時々は朝はパンにしていただきたいとそう願うので（あります）」
貫太郎「待て！」
怒鳴る貫太郎。
里子「なんですよ、お父さん」

貫太郎「（周平に）おい、アメリカは英語だろ、どして、米国って言うんだ」
きん「米国――あ、ほんとだ」
里子「米の国って書くわねえ」
貫太郎「パンと英語は関係ないんだ！」
大助「そんなこといや、そんならフランスだって」
周平「フランス？」
大助「（ポツンと）仏（フツ）ホトケって字、書くだろ」
きん「でもフランス人は、仏教徒じゃなくてヤソだわねえ」
ミヨコ「――旦那さんの負けですね」
貫太郎「おい、お茶！」
里子「ハイハイ」

里子、つぎながら、きんを見て、大助を見て、ウインク。

きんも、ヘタクソなウインクを返す。

周平も、節子も、ミヨコも、間接的にしろ、久しぶりに口を利いた、貫太郎と大助に、ほっとしている。

〈6〉仕事場

貫太郎の巨体の横に、新米のテツの小さな体がある。貫太郎、ノミをふるう手を休め、無言のしぐさで、テツに教えている。

黙々と向かい獅子《しし》に取り組むイワさん。その後ろ横に、墓石をけずる大助。イワさん、バシッと手をはたいたり、そっけないようで、情のこもったしぐさで大助の手つきを直してやっている。

周平が出掛けてゆく。真ん中に一人ポツンとタメ。面白くない。

タメ「周ちゃん、予備校も大変だよな。いってらっしゃい」

周平「いってまいります！」

タメ「――五月は連休か」

一同「トントントントン」

タメ「ゴールデン・ウイーク……チキショウ！　どっかに金と女が落っこってねえかな」

イワさん、ほうきでタメをパシッとはたく。

タメ「（鼻歌で）♪屋根より高い　鯉のぼり　大きい真鯉《まごい》は　お父さん」

チラッと貫太郎が見る。

タメ「♪小さい緋鯉《ひごい》は　子供たち　面白そうに　泳いでる」
イワさん、また、はたく。
イワ「よせ」
タメ「何すンだよ！」
イワ「――（察して）――よう、（親方を指して）今年も、やンねえのかな」
タメ「ま、やンねえな」
イワ「五月人形も、鯉のぼりもなしか」
タメ「もう一年の我慢だな」
イワ「ちまきずしも、なしか」
タメ「あとでな、オレが柏餅《かしわもち》おごってやるよ」

〈7〉廊下

きんが、ミヨコを相手に、畳んでしまってあった、鯉のぼりを伸ばして広げている。
みるみる長くなって、廊下いっぱいに広がる吹き流し。
緋鯉、真鯉。
ミヨコ「ウワア！　すばらしいですね」

きん「すばらしいって、ミヨちゃん、これ、なんてのか知ってるの」
ミヨコ「――」
きん「ミヨちゃん。知らないの」
ミヨコ「だって、あたし、一人っ子で、男の子、なかったんですもの」
きん「男の子、いなくたって、チャンとしたうちは鯉のぼりぐらい立てるわよ」
ミヨコ「――（くちびるをかむ）」
きん「同じ百姓でも小作は立てないか」
ミヨコ「うち、小作じゃありません！」
きん「そいじゃあ、地主さまかい」
ミヨコ「おばあちゃんのお里は、地主さんですかあ」
きん「あ、ほこりだ……」
ミヨコ「地主のお嬢さんが、石屋に、お手伝いに住み込むなんて、おかしいんじゃないんですか」
きん「でもねえ、あたしは跡取りと好きあって、嫁《よめ》になったのよ、ま、ミヨちゃんも、くやしかったら」
ミヨコ「このうちの、跡取りは大助さんじゃないですか、あたしに強姦罪犯した人と結婚しろって、言うんですか」
きん、ミヨコの口のはたをギューと顔が曲がるほど、つねりあげる。
ミヨコ、足払いをかける。きん、バシッと殴る。ミヨコも殴り返す。
二人、ワッと泣く。
里子が何か持って納戸の方から出てくる。
二人、何もなかった風で、楽しそうに、鯉のぼりを出す。

〈8〉事務室

節子が電話を取っている。
節子「モシモシ、寺内石材――ハイ、ちょっとお待ちください」
電話を置いて、
節子「お父さーん！」
窓から怒鳴る。
節子「お父さん！　社長さん、電話です。宮口石材工業さん」

〈9〉仕事場

貫太郎、手を休めて、

貫太郎「おー！　いま行く！」

手の甲で汗を拭《ふ》きながら立ち上がる。

イワ、タメ、テツ。

イワ「石がへえったかな」

貫太郎「イワさん、ひとつ、見てきてくれや」

イワさん、胸を叩く。入ってゆく貫太郎。

〈10〉事務室

電話で何やら受け答えしている貫太郎。

貫太郎「ほう。あ、そうですか。それじゃさっそく――ほう」

おしぼりで、汗っかきの父の汗を拭いてやっている節子。

しかし、目はチラチラと外を気にしている。

〈11〉仕事場

木戸口の方から、きんを先頭に、里子、ミヨコが白鉢巻きで、まるで、やくざの斬り込みのように、まっすぐ前を見て、あたりを払う殺気をみせて一団となって、進んでくる。

それぞれ手に矢車、吹き流し、鯉のぼり。

イワ、タメ、テツ、ポカンとしている。

タメ「なんだありゃ……」

三人の女たち、きんの無言の指示のもと、仕事場の前にある（鯉のぼり用の）ポールのところへ来る。一同、足踏みして止まる。

上を仰《あお》いで、小さく礼。大助、ハッとして手を止める。

イワ、タメ、テツらの驚きの中を、きんがスルスルスルと、ひもを下ろし、里子、ミヨコが手伝って吹き流し、鯉のぼりなどをつける。窓から心配そうにのぞく節子。

テツ「あ、鯉のぼり」

タメ「ばあちゃんよ、おかみさん、よ――大丈夫かよ、え？」

二人「（無言――）」

タメ「まだ、大ちゃんの執行猶予、明けてねえんだろ。親方、うんて言ったのかよ。え？」

事務室から出てくる貫太郎。アッとなる。
重戦車のようにすっとんでくる。

貫太郎「なんだこりゃ！」

里子「なんだって、やだわ、お父さん。鯉のぼりじゃありませんか」

きん「貫太郎、なんて顔してんだい。初めて見たわけじゃあるまいし」

貫太郎「よせ！　こんな——こんな晴れがましいもの、高々と上げられた義理か。世間様に対して申し訳が」

きん「里子さん、おしっぽ、持ち上げて頂戴《ちょうだい》な」

里子「ハイ」

里子「ほら、ミヨちゃん、そっち持って」

貫太郎「おい、よせと言ったらよせ」
引き下ろそうとする貫太郎。

大助「（顔をそむける）」
貫太郎の手を押さえるイワさん。

貫太郎「放せ！」

イワ「親方……」

イワさん、小柄な体に似合わぬ力で、有無《うむ》を言わさず止めて、

イワ「男の子が二人もいるんだ。鯉のぼりぐらいおっ立てたからって、バチも当たるめえ」

貫太郎「――」

イワ「いや、二人だけじゃねぇや、タメもテツもいらァ。一年にいっぺんだ。やってくれや」

貫太郎。黙っている。

イワさん、タメ、テツも手伝って、鯉のぼり、空へ上ってゆく感じ。一同、上を見上げる。節子も出てきて加わる。

上を見ないで、石を彫る貫太郎。そして、大助。のぞいている花くま。

〈12〉台所

ちまきずしの仕込みで大童《おおわらわ》の女たち。

熊笹《くまざさ》の葉っぱを、流しで洗っている節子。

きん、土間に、花ゴザを敷いて座り込み、大きなマナ板を置いて、見事な鯛をおろしている。（白い清潔なかっぽう着。姉さまかぶり）そばで、玉子焼きを作っている里子。

きん「笹はようく洗って頂戴よ、お水沢山《たくさん》使ってね」

節子「ハイ！」
きん「おうおう、あと食べる楽しみがあると節子さんもお返事がいいこと――」
節子「だってさ、二年ぶりだもの。うれしいじゃない！」
きん「あ、里子さん、玉子はあたし焼くわよ。あんた。手脚気《かっけ》の方におまかせすると、ヘンテコリンになっちまうから」
里子「ハイハイ。あ、それじゃあ、あたしは」
きん「お酢を合わせといて頂戴」
里子「ハイ」
　里子、戸棚の下から酢のびんなど出して用意をする。
きん「あ、里子さんしょうがのしぼり汁も、忘れないで入れて頂戴よ」
里子「ハイハイ」
　竹ザルを手にしたミヨコが弾んで上がってくる。
ミヨコ「木の芽、こんなもンでいいですか」
里子「ああ、いい匂い……」
節子「ウーン……（吸い込む）」
ミヨコ「ね、大助さん、旦那さんの代わりに、石受け取りに」

きん「行ったの？」
里子「お父さんが、大助に——行けって言ったの？」
ミヨコ「——直《じか》に言ったわけじゃないんですけどね、旦那さんがイワさんに『行ってきてくれや』って言ったら、イワさんが（まねで）おお大ちゃん行ってこい……」
里子「それで、お父さん」
ミヨコ「（まねて怒鳴る）『言い値で引き取るなよ！』」
里子「おばぁちゃん……」
きん「——里子さん、ごらんな。だんだんとね、うまくゆくのよ……」
ミヨコ「何だか、あたしまでうれしくって——あ、これがちまきずしの材料ね、これどうやって作るんですか」
里子「あのねえ、この笹の葉っぱでね」
きん「この方に聞いてもダメよ」
里子「おばあちゃん」
きん「まず、この一塩《ひとしお》の甘鯛をこうやって、皮、取って、小骨をすくだろ、それから」
里子「あら、ミヨコちゃん、あんた、たのんだ菖蒲——」
ミヨコ「花くまさんが、あとで自分で届けますって——」

里子「自分で？」

ミヨコ「何か話があるからって――」

里子「話ねえ」

きん「ちょっと、人の話途中であんた――」

ミヨコ「え？　ああ、それからどうするんですか」

きん「え？」

ミヨコ・節子「忘れちゃったんですか」

きん「え？　ええ」

ミヨコ「ちまきずしの作り方」

きん「え、ええ、ちまきずしってのはね。中身は鯛だろ、玉子だろ」

里子、茶の間の縁側に花くまの姿をみとめる。

里子「あら、花くまさん」

〈13〉茶の間・縁側

菖蒲を手に、花くまが立っている。

小走りにくる里子。

里子「わざわざすみません」
花くま「……いやあ……（何となくスッキリしない）」
里子「活《い》ける分もなんなんですけどね、うちはほら菖蒲湯、するでしょ？　年寄りがいるし、お父さん、ああいうこと好きだから……すみませんけど、葉っぱを少し、沢山、分けていただけると」
花くま「……おかみさん（低く言うが、里子は気がつかない）」
里子「（花を受け取って）すみません、まあ、いい菖蒲。あ、そうそう。ちまきずし作りましたからね、今晩はあてにしててくださいよ。おばあちゃんと、いま、腕によりかけて」
花くま「……おかみさんよ」
里子「え？」
花くま「大ちゃんのこったけどよ」
里子「まあ、花くまさんにもいろいろご心配かけましたけどねえ、やっとうちにも春が来たってとこかしら」
花くま「あの（言いかける）」
里子「あの子も、今まで、ふてくされて、ブラブラしてたのが、ほら、この間うちから、丸坊主にして、石貫の袢てん着て、真面目にやってるでしょ。お父さんもそこのとこ、だんだん分かったとみえて……あの子に仕事の用頼んで……代わりに石、見に行かしたって、いま」

花くま「……知らねえな、こりゃ」

里子「え?」

花くま「外泊は、まずいんじゃねえのかな」

このあたりから、様子に気づいて、包丁を手にしたきん、節子、ミヨコが、里子の後ろに来る。

里子「外泊って大助が? いやだわ、花くまさん……そういやあ(笑ってから、急に真顔になって)いえ、こないだまでは、ねえ。夜中にお父さんたら、いきなり、パッて布団の上に起き上がって、『おい! 大助はうちにいるだろうな!』あたしが足音しのばせてのぞきに行ったこともあったのよ。でも、もうこの頃じゃ、早寝早起き、あたしたちと一緒に朝ごはん」

花くま「おかしいな。そんならどして、朝っぱらから女と……」

里子「女……」

花くま「オレね、目方減らそうと思って、朝ランニングしてんだけどよ。今朝、寛永寺《かんえいじ》の境《けい》内《だい》で大ちゃんが女と……」

里子「一緒だったんですか」

花くま「ありゃ、ずうっと一緒にいて別れるとこじゃねえのかな。まさか、朝っぱらからあんなとこで逢引《あいびき》ってわけも……」

里子「ね、その人、そういう」

花くま「素人《しろうと》だな、ありゃ。スラッとしたこけしみてえな」

きん「こけし……」

里子「あの人だわ」

ミヨコ・節子「……」

きん「……里子さん」

節子「ときどき朝、いないと思ったら……お兄ちゃん……」

里子「あの人と、朝、逢ってた……」

女たち、ハッとする。

後ろに貫太郎が立っている。

とたんに大慌ての花くまも、

花くま「あ、貫ちゃん！」

横っ飛びに逃げながら、

花くま「おら、見なかったたって。何にも見なかったたって……」
　貫太郎、花くまを追い、締《し》め上げる。
貫太郎「おい！　何を見たんだ！」
花くま「何も（グウ）」
貫太郎「正直に言え、おい！」
里子「お父さん」
きん「貫太郎、およし！」
花くま「何も見なかった、オレ本当に……く、苦しい、言うよ言うよ」
　押さえつけられて、息のできない花くま。

〈14〉台所

仁王立ちで怒鳴っている貫太郎。
のろのろとすし作りの手を動かしながら、怒鳴られている里子、きん、節子、ミヨコ。
きんは物凄《ものすご》く大きな毛抜きで鯛の小骨抜き。
節子は笹の葉っぱの水気を、布巾《ふきん》で拭く。
ミヨコは、木の葉を調べ、里子は、合わせ酢。

貫太郎「お前たちの目玉はどこ、くっついてんだ。執行猶予中の人間が、朝っぱらから女と逢ってるのを、知りません、存じませんで……済むと思うか」

里子「だってまさか朝ごはん前に、うち空けてるなんて」

きん「見事に裏かかれたわねえ」

里子「まさかねえ……」

節子「そういやぁ周ちゃん、墓地で空手だなんて言ってたけど」

貫太郎「あいつ、かばい立てしやがって。母親として無責任だぞ！」

きん「父親としてはどうなの」

貫太郎「男は、仕事、女は、子供の養育とうちの仕事。男が、そこまで目が届くか！」

きん「おうおう、一丁前に屁《へ》理屈こねてまあ」

貫太郎「大助を呼べ！　ここへ引っ張ってこい」

里子「お言葉返すようですけど、大助は、お父さんが、石を取りにやったんじゃないんですか」

貫太郎「うむ！　帰ったらただじゃおかないから、そう思え！」

貫太郎、足音も物凄《ものすご》く、出てゆく。

周平「ただいま！」

出合い頭に、帰ってきた周平とぶつかりそうになる。

周平「ね、うちさ今年、鯉のぼり、立てたじゃない。あッ！　ちまきずし」

貫太郎、いきなり殴り倒す。

周平「アッ！」

貫太郎「この野郎！　かばい立てしやがって！」

周平「何すンだよ！」

里子「お父さん！」

節子「周ちゃん、ケガしてんじゃないの」

女たちはかばいに飛び出す。貫太郎、行ってしまう。

周平、カッとして叫ぶ。

周平「なんで殴ンだよ。オレが何やったっていうんだよ。（飛びかかろうとするが、皆に止められる）」

きん「バレたのよ」

周平「バレた？」

里子「周平。お前……知ってたんだろ、大助が、朝……あの人と、逢ってたこと。……知って……かばっていたんだろ」

周平「……」

〈15〉仕事場

石を彫ろうとする貫太郎。手が震えている。

やめさせるイワさん。

イワ「カンが立ってるときに彫ったら、墓石が可哀想《かわいそう》だ」

貫太郎「……」

イワ、ノミを取り上げる。事務室の窓から見ている節子とミヨコ。

〈16〉台所

花ござの上で、ちまきずしを作りながら、ひそひそ話のきんと里子。

1、笹の葉を三枚手に取って、根元を揃え、葉先を開き加減にして持つ。

2、まん中にすしめしをのせる。具をのせ、木の葉を一枚のせる。

3、左側の葉っぱから包む。

4、右の葉で包む。

5、先をねじる。

6、左手でイグサの端を押さえて持つ。
7、イグサでぐるりと巻いて締める。
8、葉先を手前に折り曲げる。
9、上からイグサでくるくると巻く。
10、根元で巻き締める。
周平、ゆっくりと水を飲みながら聞いている。

里子「まさか朝逢っていたとはねえ」
きん「まあ、逢引っていやあ、夜って決めてたこっちがウカツっていやあ、ウカツなんだけどさ」
里子「……（ため息）」
きん「寛永寺さんの境内だって？」
里子「これで万事うまくゆく……そう思ってた矢先に……」
きん「それにしてもさ、なんだって貫太郎、あんなに怒るんだろうねえ」
里子「生理的に『いや』なんですよ。ああいう事件起こしたら、もう、一生逢わない。別のところで罪の償《つぐな》いをすべきだ、それを」
きん「でもさ、何か相談かも知れないじゃないか」

里子「お父さん、相談なら、オレにしろ、って言うんですよ。何かあったら、いつでも、こっちから出向く。お父さんあの人に、そう言ってあるんだもの、それを……」
きん「あ、里子さん。あんた、ヘタクソねえ、もっと、こう、しっかり、イグサ、引っ張って。あんたのはズクズクじゃないの」
里子「すみません」
きん「どっちにしても女のほうから、誘ってるわねえ、こりゃ」
里子「ま、そうでしょうねえ」
周平、何となく二人の女の尻の陰に小さくなって座り、そっと手を出して、見よう見まねで、ちまきずしを製作しながら、母と祖母の話に聞き耳を立てる。
女たち、話に夢中で、ときどき手を伸ばす周平には気がつかない。
周平、片手がギプスなので、なかなか、結わえられない。
里子「まあ、呼び出されればねえ、大助にしたとこで、知らん顔もできないだろうし……」
きん「自分だけはやらなかったにしろ……こと、起こしたのは、三人いっしょだもんねえ」
里子「……あたしねえ、おばあちゃん、こうじゃないかと思うんですけどね、あの唐島多江って娘さんの気持ち」
きん「あ、そう、引っ張って……」

里子「ああいうこと表沙汰《ざた》にしたらもう、まともな縁談は来ないでしょ？」
きん「そら、ねえ、親兄弟もないとすりゃ余計ねえ」
里子「そろそろ年だし、焦ってんじゃないかしら」
きん「いくつなの」
里子「三……」
きん「二十三か」
里子「あんたたちのおかげであたしは、傷ものになったのよ。責任取ってくださいなって
……いえ、ハッキリ言わないまでも、そういう態度で……」
きん「……里子さん、あんたね、もし万一、その唐島多江って女が大助の嫁に」
里子「冗談じゃありませんよ！　そんな……二人の男に汚された人を、どして……」
きん「でも、うちの大助の友達よ、それに大助だって」
里子「（激してくる）大助も手、出したっていうんなら、そりゃ責任取るってのも分かりま
すよ。でも、あの子、途中でやめて、友達に体当たりでやめろって……だからこそほかの二
人は実刑なのにあの子だけは執行猶予……」
きん「あれ、寺内……」
二人、びっくりする。

里子「周平、あっちおゆき！」
周平「オレ、手伝うよ」
里子「かしなさい！」
作りかけの出来損いのちまきずしを取り上げられて、突き飛ばされる。
周平「あいて……」
きんと里子、再びひそひそ話。
きん「美人かい」
里子「唐島多江って人ですか」
きん「うん」
里子「美人とはいえないけど」
きん「こうじゃないんだろ（ブス）」
里子「十人並みだわねえ」
きん「大助にしても、気が楽なのかも知れないねえ。キズ者同士さ」
周平、そろそろと、いざり寄って、また母たちの後ろに回る。
里子「あたしが行って、頼んできますよ」
きん「何て」

里子「いまうちにやっと平和が来たとこなんです、あなたが手を引いてくれさえすれば」

きん「女親が行っちゃ、なお、エコジになるわねえ」

里子「……（ため息）ここであの女にひっかかったら、大助は、もう一生立ち直れないんじゃないかしらねえ」

きん「勤め先、どこだって」

里子「岡兄弟商会。横山町のサンダル問屋ですよ」

きん「岡兄弟商会……」

〈17〉茶の間

物陰に、隠れるようにして、そっと電話帳を置く。

岡兄弟商会の文字がクローズアップ。

電話番号。

周平、そっと受話器を取り上げる。ダイヤルを回す。

〈18〉岡兄弟商会

デスクの電話が鳴る。

伝票をめくっていた多江が取ろうとする。一瞬早く、横の初老の事務員の皆川が取る。

皆川「モシモシ。岡兄弟商会ですが」

ガシャンと切れる。

皆川「モシモシ。何だよ。間違ったら、すみませんぐらい言ってから切れってんだ、なあ」

多江、笑って、伝票をめくり始める。

〈19〉茶の間

座っている周平。

電話帳をパタンと閉じて、出てゆく。

〈20〉台所

きんと里子、ふと後ろを見る。

里子「周平――あら」

きん「二階だろ、あら、里子さん、あんた、グズグズよ」

里子「すみません」

〈21〉岡兄弟商会

外から、ガラス戸の中をのぞいている周平。
中に多江の姿が見える。
入ってゆく周平。皆川が出てくる。
皆川「いらっしゃい——」
周平「あ、あの、サンダル下さい」
キョトンとする皆川。その、後ろに多江。ほかの店員たち。
皆川「どちらさん」
周平「どちらって——」
皆川「どこのお使いさんかね」
周平「いや、どこって、名乗るほどの者じゃないんすけど——サンダル一足」
皆川「一足？　うちは小売やってないのよ」
多江、周平の顔をじっと見る。
周平も、チラチラ多江を見る。
周平「そ、そいじゃ十足」

皆川「十足ねえ。ま、いいか、おう、唐島さんよ、十足だとさ」
周平「(唐島さん……)」
多江「(七百五十円と指でサイン)」
皆川「七千五百円だな」
周平「七千五百円――」

周平、ポケットをさぐる。ヨレヨレの千円札と五百円札、百円玉が転がり出るが、金が足りない。

周平「あ、すみません、いいです」

慌てて、かき集めて帰ろうとする。

硬貨が床に転げ落ちる。拾う周平。多江も拾いながら、

多江「もしかしたら、あなた――寺内さんの――」
周平「――」
多江「大助さんの弟さんじゃないの?」

〈22〉岡兄弟商会・応接コーナー

古くさいつい立てで区切られた大部屋の一画。

多江が茶をすすめる。椅子に硬くなって座る周平。

多江「(どうぞ)」

周平、不慣れな会釈《えしゃく》。

古い椅子がギイッと鳴る。

多江「名前、知ってるのよ。周平さんでしょ？」

周平「――」

多江「何か、お話があって、来たんでしょ？」

周平「――(咳《せき》払いして)兄貴と、別れてもらいたいんです」

区切りのつい立てが揺れる。明らかに、後ろで立ち聞きしている気配。

多江「――表へ出ましょう」

〈23〉木戸口

周平のガールフレンドの桃子が来ている。

里子が応対している。

里子「四時のお約束なの」

桃子「ええ。必ずうちに帰ってるからって」

里子「おかしいわねえ、見えないのよ。さっきから」

節子「本でも買いに、行ったんじゃないの」

　事務室から節子が出てきて声をかける。

節子「桃子さん、ここで待ったら」

桃子「どうしようかな」

里子「すぐ帰ってくるでしょ。節子と話でもして、待ってて頂戴」

〈24〉仕事場

　貫太郎、イワさん、タメ、テツが働いている。
　桃子、何となく見ている。

タメ「よう、桃子ちゃんよ」

桃子「何よ、タメさん」

タメ「周ちゃん、ひょっとすると（小指）に逢いに行ったのかも、知ンねえぞ」

桃子「本当？」

タメ「ちょいと、しゃれたかっこしてよ。こんなこと（櫛《くし》で頭をとかす）して、ってからよ」

桃子「これって（小指）誰よ」
タメ「桃子ちゃん」
桃子「いい加減なこと言わないで――」
　タメ、桃子にぶっ飛ばされて、イワさんにぶつかり、イワさんにぶっ飛ばされて、貫太郎のところへ飛んでゆく。

〈25〉岡兄弟商会・裏通り

　積み荷中の小型トラックや自転車の間で周平と多江。人の往来。
周平「あれからずうっと、兄貴とは口も利《き》かない。一緒にメシも食わなかったおやじが、やっと折れてきてるんだよ。あんたから電話さえなきゃあんたが兄貴誘い出しさえしなきゃ――うちはやっと――一年半ぶりにもとに戻ったんだよ。だから、もう兄貴を呼び出さないでもらいたいんだ」
　切迫した調子に、びっくりした通行人が振り返ってゆく。
周平「――オレ、兄貴もあんたも間違ってると思うよ。傷ついた者同士――なんて、そういう考え方――安直だと思うな」
多江「――」

周平「あんただって、まだ若いし——キ、キレイなんだし——あんなこと忘れて——全然、関係ない奴とつきあった方が、いいと思うよ」

多江「——」

多江、無言。強い視線で周平をじっと見るだけ。

周平、明らかに焦っている。

周平「第一、もう兄貴には責任ないと思うんだよ。強姦罪ってことになってるけど、兄貴は……途中でいけないって思ってやめたんだしさ——だから、これからも将来も責任とかっていうのは、少しひどいんじゃないかと」

多江、バシッと周平の頬《ほお》を殴る。

周平「あッ——」

多江「……半年前だったわ。あたし、ふっと生きてるのがいやになったの……」

淡々と語る多江。

多江「親も兄弟もない。恋人もない。でも死ぬ前に——急にあの人に——寺内大助って人に会いたくなったの」

周平「……」

多江「電話で呼び出して、寛永寺の境内で会ったわ。別に話もしなかったけど、そばにいるだけで――もう少し生きてゆこう。そういう気がしたの――」

周平「……」

多江「周平さん。あたしたち、いけないことしてると思う?」

夕暮れの街。雑踏《ざっとう》。遠くでとうふ屋のラッパ。

自転車をよけて遊ぶ子供たち。妙に人恋しい問屋街の露地《ろじ》。

立っている周平と多江。

〈26〉茶の間・縁側

立花りつが来て、里子に領収書を渡している。

りつ「はい、四月分の領収書」

里子「わざわざすみません。タメさんにでもことづけてくだされぱいいのに」

りつ「ううん、どうせついでがあったから――まあ、立派な五月人形――」

茶の間では、ミヨコに手伝わせて、きんが五月人形の飾りつけの最中。

里子「時代ものでしょ? もうぼろぼろ」

りつ「今はそれが値打ちじゃないの。でもさ、大丈夫なの? 飾って――」

里子「ううん。そうそういつまでうち中がペシャンコになってもいられないでしょ?」

りつ「せめて奥さんだけは、気持ち明るく持たなきゃ――ねえ」
里子「わざわざすみません（早く帰したい）」
りつ「あら、お宅のちまきずし、どこの？」
里子「不細工でしょ？　手作りなんですよ」
りつ「へえ――ちまきずしまで」
里子「あ、奥さん、これ、ほんのひと口」
りつ「やだ、あたし、そんなつもりで――」
里子「ほんのお口汚し――」
りつ「悪いわねえ、じゃあ」
里子「どうも――」
帰ってゆくりつ。
きん「里子さんも、人がいい。菖蒲の二、三本もあげりゃすむのにさア」
里子「だって、目の前にあって、――知らん顔ってのも」
きん「あの人、ずるいんだから、気つけなきゃ」
ヌーッと顔を出すりつ。
りつ「パラパラッと来たわよ。洗濯物、取り込まないと」

〈27〉仕事場

タメとテツが鯉のぼりを下ろしている。

〈28〉茶の間

きんが五月人形を飾りながら、節子とミヨコに講釈している。
(鎧《よろい》、兜、金太郎、鍾馗、など——)柏餅とちまきが供えられている。
里子、手桶《おけ》に花菖蒲を活けている。

ミヨコ「へえ、菖蒲って、ほうそうのおまじないですか」
きん「そうよ。邪気を払うって言ってね」
節子「今はさ、ワクチンでOKだけど、昔はなかったんですもんねえ」
きん「鍾馗さまだって、そうよ、天然痘《てんねんとう》の守り神」
里子「あら、そうなんですか」
ミヨコ「じゃ、ちまきはなんですか」
きん「ちまきってのはね、これは姉さんが弟の霊を弔《とむら》ったって話からきてんのよ」
ミヨコ「なんですか、それ」

きん「昔々、中国の汨羅《べきら》ってとこで、屈原《くつげん》て若い男が、五月五日に水に溺《おぼ》れて死んだのよ」
節子「へえ」
きん「その人の姉さんが、毎年命日の五月五日に、弟の魂をなぐさめるためにちまきを作って、その汨羅ってとこへ、ポンて投げたのねえ」
ミヨコ「それが始まりなんですか」
里子「知らなかったわ、あたし」
きん「里子さんは、何にもご存じないのねえ、あ、これでよし、できたできた」
里子「ね、おばあちゃん、大丈夫でしょうかねえ――お父さん」
節子「――あの人とつきあってること、ばれたわけでしょ？　お兄ちゃん、帰ってきたら――」
きん「なあに、その時はその時よ」
ミヨコ、ウワッとなる。テツが縁側のところにヌーッと立っている。
ミヨコ「やだ、テツさん」
テツ「あの、これ――」
取り込んだ鯉のぼり。
四人「え？」

里子「ああ、雨降ってきたから、取り込んでくれたのね、ハイ、ごくろうさま」
　鯉のぼりを縁側に置いて、行くテツ。
　きん、畳み直す。
きん「ミヨちゃん——そっち、もって——」
ミヨコ「ハイ——」
　鯉のぼりを広げたところへ、物凄い足音。内玄関から貫太郎が大助を引きずるようにして入ってくる。
貫太郎「このやろう！　そこへ座れ！」
里子「——お父さん」
貫太郎「おい！　あの娘さんとはつきあうな、と言ったはずだぞ。人の目盗んでコソコソ逢ったりしやがって——」
　大助、じっと父を見返す。
貫太郎「何だその目は。うす汚いまねしといて、よくもヌケヌケとオレの顔が見られるな」
大助「うす汚いマネはしてないよ」
貫太郎「何だと！　おい大助、お前は——お前は」
　小突き回し殴る貫太郎。

貫太郎「ほかの二人に許したんだから、オレだって――そういう、つけ込んだ気持ちは、あの人を」
大助「何てこと言うんだよ！」
大助、いきなり父親をぶっ飛ばす。くずれる五月人形の箱。
貫太郎「この野郎！　親に刃向《はむ》かう気か」
大助「そんなんじゃないよ！」
貫太郎「言い訳するな！」
里子「大助、あの人に呼び出されたんだろ。あの人に責任取ってくれって言われて」
もみあう父と子、その間に飛び込む周平。
周平「待ってくれよ」
一同「周平――」
周平「あの人はそんな人じゃないよ」
もみあいながら叫ぶ周平。弾みで抱えていた紙が破れて、男物のサンダルが五足ばかり飛び散る。
大助「周平」
貫太郎「お前、あの人のとこへ」

里子「お前まで呼び出されたの？」
周平「違うよ。オレの方から会いに行ったんだよ」
大助・里子「周平！」
周平「お母さん、間違ってるよ。あの人は、そんなんじゃないよ、あの人は」
大助「どして行った、どしてオレに断りなしに」
大助、周平をど突く。
周平「オレ、別れてくれって言いに行ったんだよ。うちの平和のために、兄さん呼び出さないでくれって」
大助「バカヤロ！」
大助、周平を追いつめる。周平、転んで、弾みで、鯉のぼりの中へ這《は》い込む形になってしまう。後を追う大助。
中でもみあう兄と弟。
周平「何すんだよ」
大助「このやろう」
貫太郎も飛び込む。
貫太郎「バカ！　出てこい！　バカ！」

三人、中でダンゴになる。

里子「お父さん――」

きん「里子さん、こっち押さえて――」

節子「周ちゃん、手、大丈夫」

ミヨコ「こっちから、早く出て、早く！」

ビリビリと破けて、三人がもみあって出てくる。

三人、破れた鯉のぼりの上に座りこんで――へたり込む。

周平「ちゃんとしまいまで聞いて殴ってくれよ。あの人と兄さんのつきあいはね――お父さんやお母さんの考えてるようなもんじゃないんだよ。もっと――なんて言ったらいいか」

周平、ごくりとのどを鳴らして、

周平「……ステキだよ……」

一同「――」

周平「いまここで、それはどういう気持ちだとか、やめろとかそういうこと言っちゃいけない。オレ、本当にそう思うんだよ」

一同「――」

周平「お父さんにあれだけブン殴られても、あの人とつきあうのやめなかった兄さんは――

オレ、立派だと思ったよ」
きん「何のこったか、よく分かんないけどさ、そんなもんかねえ」
貫太郎「後ろめたい気持ちがないんなら、どして、正々堂々と」
ミヨコ「旦那さん、女の人と逢う時、正々堂々とゆけますか」
貫太郎「ミヨちゃん――」
ミヨコ「恋愛ってのは、やましくなくても――やっぱり、少しきまり悪いもんだと思います」
きん「おうおう、経験もないくせして一丁前の口利いてまあ」
周平「そんなに疑うんなら、お父さん、ついてきゃいいじゃないか」
きん「逢引に貫太郎がくっついてゆくのかい？」
節子「やだア！」
きん「ハハ、そりゃいいや、大助さん、どうする？」
里子「まさか、そんな――第一、聞いたことないわ」
きん「いやなの？　いいの」
大助、突然フフフと笑ってしまう。
節子「お兄ちゃん、いいの」

うなずきながら、ハハハと笑う大助。周平、うれしくなって、

周平「ゆけるもんなら、行ってみなってさ」

貫太郎「よし、ついてくぞ！　それでもいいんだな！」

大助、うんとうなずいて笑ってしまう。

周平も里子も、みんな笑う。つられて貫太郎も笑ってしまう。

テツ「あのォ――」

学生服姿のテツがカバンを下げて、縁側に立っている。

里子「あら、テツさん」

テツ「いってまいります」

貫太郎「おッ！」

貫太郎、人形の横にふっ飛んでいるちまきを五、六本、ポンと放る。

貫太郎「食いながら行け！」

テツ「ハイッ！　いってまいります」

一同「いってらっしゃい！」

ちまきを手に、ニコッとして出てゆくテツ。

〈29〉きんの部屋（夜）

きんが、大助と周平に酌《しゃく》をしている。

周平「おやじさん、本当にデイトに、くっついてくるかな」

きん「貫太郎のこったもの、ゆくだろ」

周平「どうすんのよ、兄さん」

大助「ハハ、ハハハハ」

笑ってから、

大助「差し出たまねしやがって、バカ」

周平の頭をコツンとやる。

〈30〉茶の間

一人で酒を飲む貫太郎。

壊れた鍾馗さまを直す里子。

里子「あーあ、男の子、二人産んどいてよかった――」

貫太郎「――一人で産んだ気してやがる」

里子「やだ。何言ってんですよ。そのくらい、あたしだって——やあねえ、お父さんときたら……」

里子、直しながら、

里子「この鍾馗さんもまあ、なんべん、けんかの巻き添え食ったか知れないわねえ。お鼻なんか、もうないじゃないの」

貫太郎「おい！」

お銚子《ちょうし》を握っている里子。

里子「おかわりですか」

貫太郎「そうじゃない！（小さく）あっち」

里子「あっち？」

貫太郎「周平たちに……持ってってやれって、言ってんだ！」

里子「——お父さん……」

〈31〉きんの部屋

背比べの歌を歌いながら、柱に傷をつけている大助と周平。

モグモグとちまきを食べながら見ているきん。

お銚子を手に入ってゆく里子。見ているミヨコ。

〈32〉歌

歌う節子。
『23才』

〈33〉きんの部屋

飲む兄と弟、きん。

〈34〉茶の間

五月人形の前で、ひとり、盃《さかずき》を含む貫太郎の、大きな背中。入ってゆく、里子。

「寺内貫太郎一家2」について

シナリオ「寺内貫太郎一家2」第三話は、TBS系列にて1975年4月16日～1975年11月5日に放送されたホームドラマの脚本です。実際に放送された内容とは異なる場合があります。

スタッフ
プロデューサー　久世光彦ほか
演出　久世光彦ほか
脚本　向田邦子ほか

出演
寺内貫太郎：小林亜星　石材店の通称「石貫」を営む寺内家の頑固親父。
寺内里子：加藤治子　一家を切り盛りする貫太郎の妻。
寺内大助：谷隼人　執行猶予中の寺内家の長男。石貫で修業中。
寺内節子：風吹ジュン　家業と家事を手伝う寺内家の長女。
寺内周平：西城秀樹　大学浪人中の寺内家の次男。
寺内きん：悠木千帆（現、樹木希林）貫太郎の実母。
相馬ミヨコ：浅田美代子　寺内家のお手伝い。
倉島岩次郎：伴淳三郎　石貫のベテラン石工。通称イワさん。
榊原為光：左とん平　石貫の職人。通称タメ。
花くま：由利徹　石貫の向かいの花屋の主人。
唐島多江：池波志乃　大助のわけありの恋人。

所収・初出一覧

所収……………………………………………昔カレー、卵とわたし、子供たちの夜、父の詫び状、ごはん
『**新装版 父の詫び状**』文春文庫（２００６年）

昆布石鹸、母に教えられた酒呑みの心、チャンバラ、糸の目、人形町に江戸の名残を訪ねて、羊横丁
『**新装版 女の人差し指**』文春文庫（２０１１年）

ツルチック、続・ツルチック、水羊羹、眠る盃
『**新装版 眠る盃**』講談社文庫（２０１６年）

残った醬油、牛の首
『**新装版 夜中の薔薇**』講談社文庫（２０１６年）

拾う人、蜆、パセリ、孔雀、メロン、スグミル種
『**新装版 無名仮名人名簿**』文春文庫（２０１５年）

いちじく、寸劇、味噌カツ
『**新装版 霊長類ヒト科動物図鑑**』文春文庫（２０１４年）

初出……

昔カレー（「東山三十六峰静かに食べたライスカレー」より改題）　「銀座百点」１９７６年４月号

昆布石鹸　「週刊文春」１９８１年６月18日号

卵とわたし　「銀座百点」１９７６年10月号

子供たちの夜　「銀座百点」１９７７年９月号

ツルチック　「文藝春秋」１９７５年６月号

続・ツルチック　単行本『眠る盃』書き下ろし１９７９年10月

残った醤油　「新潟日報」１９７９年９月14日

拾う人　「週刊文春」１９７９年６月14日号

いちじく　「週刊文春」１９８０年９月11日号

水羊羹　「クロワッサン」１９７７年７月号

蜆　「週刊文春」１９８０年２月７日号

パセリ　「週刊文春」１９７９年11月22日号

母に教えられた酒呑みの心　「かんたん・酒の肴一〇〇〇」１９８１年10月号

チャンバラ　「週刊文春」１９８１年６月４日号

父の詫び状（「冬の玄関」より改題）　「銀座百点」１９７７年12月号
ごはん（「心に残るあのご飯」より改題）　「銀座百点」１９７７年４月号
孔雀　「週刊文春」１９７９年８月９日号
糸の目　「週刊文春」１９８１年７月２日号
眠る盃　「東京新聞」１９７８年10月９日
メロン　「週刊文春」１９８０年２月14日号
寸劇　「週刊文春」１９８０年12月18日号
スグミル種　「週刊文春」１９７９年10月４日号
人形町に江戸の名残を訪ねて　「ミセス」１９７７年６月号
味噌カツ　「週刊文春」１９８１年４月２日号
羊横丁　「中東ジャーナル」１９８１年春号
牛の首　「朝日新聞」１９８０年10月30日夕刊
シナリオ／寺内貫太郎一家２ 第三回　初収録

＊本書は、底本として『向田邦子全集 新版』文藝春秋（２００９～２０１０年）を使用しました

編集部より
本書には、今日からみれば不適切と思われる表現がありますが、当時の時代背景を鑑み、そのままといたしました。

協力　向田和子
編集協力　杉田淳子

向田邦子（むこうだ くにこ）

1929年東京生まれ。実践女子専門学校国語科卒業。映画雑誌編集記者を経て放送作家となりラジオ・テレビで活躍。代表作に「七人の孫」「だいこんの花」「寺内貫太郎一家」「阿修羅のごとく」「隣りの女」など。1980年初めての短篇小説「花の名前」「かわうそ」「犬小屋」で第83回直木賞を受賞し作家生活に入る。1981年8月飛行機事故で急逝。著書に『父の詫び状』『眠る盃』『思い出トランプ』『無名仮名人名簿』『霊長類ヒト科動物図鑑』『あ・うん』など。

食いしん坊エッセイ傑作選

メロンと寸劇

2021年8月20日　初版印刷
2021年8月30日　初版発行

著者　向田邦子
装画　吉田篤弘
発行者　小野寺優
発行所　株式会社河出書房新社
〒151-0051　東京都渋谷区千駄ヶ谷2-32-2
03-3404-1201（営業）
03-3404-8611（編集）
https://www.kawade.co.jp/

組版　株式会社キャップス
印刷　株式会社暁印刷
製本　加藤製本株式会社

ISBN978-4-309-02978-8
Printed in Japan